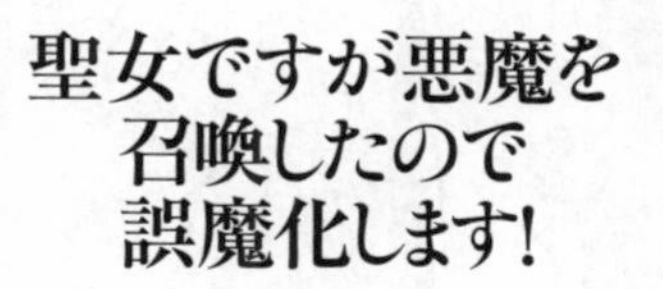

聖女ですが悪魔を召喚したので誤魔化します!

こいなだ陽日

YOUKA KOINADA

ノーチェ文庫

CHARACTER
ヴァーミリオン
高位の美しい悪魔。
イサミナの聡明さを
面白がり、彼女の策に
付き合っている。
イサミナ
貧しい村に住む娘。
ある日突然、聖女となり
ヴァーミリオンを召喚した。
頭の回転が速く、
策略の類が巧み。

ゼプ
イサミナの村の長(おさ)。
孤児の彼女を何かと
気にかけてくれている。
ノア
ある村の村長代理の青年。
イサミナたちに助けを
求めてきた。
キーレ
フィグネリアの天使。
ヴァーミリオンの正体に
感づいている様子で……？
フィグネリア
隣村の聖女。
イサミナが聖女仲間になり
喜ぶ優しい女性。

目次

聖女ですが悪魔を召喚したので誤魔化します！

第一章　その聖女は悪魔を召喚する

広い海原の片隅に小さな島国があった。四季が存在するが、夏の暑さも冬の寒さも過酷ではないから住みやすく、国民の生活は比較的穏やかなものである。

宗教国家であり、国の中心部に建てられた豪奢(ごうしゃ)な教会には、毎日多くの民(たみ)が祈りを捧げに来ていた。信じられている宗教は多神教で、神様は天界だけでなく、人間が住む地上の至るところにいるとされている。

そして、神様の力を授かった特別な存在を「聖女」と呼んだ。

――聖女は天使を召喚して平和をもたらす。

それは、この国の民なら誰もが知る教えである。

◆　◆　◆　◆

「イサミナ、助けてくれ」

その弱々しい声が耳に届いたのは、イサミナが井戸へ水を汲みに行く途中のことだった。明けきらぬ空はくすんだ藍色で、今にも消えそうな星が微かに瞬いている。

イサミナの村は貧しく、井戸がひとつしかなかった。そのせいでどうしても朝は混むので、早起きして誰もいない時間に水を汲むのを習慣にしていたから、こうして誰かに声をかけられるなんて珍しい。

空の桶を持ったまま振り向くと、薄暗闇の中に男が立っていた。目をこらして見たところ、彼が大きな街へ出稼ぎに行っていた男だと気付く。

「久しぶり！　帰ってきたのね」

彼は今年、この村の娘と結婚したばかりである。子供ができたら色々と入り用になるから……と出稼ぎに行っていたため、ここ最近は姿を見かけなかった。ようやく帰ってきたようだが、久しぶりにお嫁さんと会えるというのに彼の顔は浮かない。

そもそも「助けてくれ」と言うからには、なにか問題が発生したのだろう。

「なにかあったの？」

まだ周囲は寝静まっている時間なので、声を抑えてイサミナが訊ねる。

「実は、嫁さんへのお土産にこれを買ってきたんだけど……」

そう言って、彼は後ろ手に隠していたものを差し出した。視界に飛びこんできた鮮やかな紅にイサミナは目を丸くする。

「すごい！　これ、薔薇じゃない」

彼が持っていたのは薔薇の花束だった。この国では一部の地域でしか咲かないので、とても貴重で高価である。イサミナも薔薇の生花を見たことは片手で数えるほどしかない。

薔薇の芳香が鼻に届く。目でも鼻でも楽しめる素敵なお土産だと思うが、その薔薇の花びらはところどころ取れて、包んでいる紙の底に溜まっていた。

「もしかして……」

「そうなんだ。持ち帰ってくる途中にどんどん花びらが落ちてきて……。元気なのは真ん中の一輪だけだ。あとは、動かせば花びらが取れちまう」

花束を見つめながら、彼が悔しそうに呟く。

「せっかく帰ってきたのはいいが、このまま渡すのはみっともないだろう？　村についたものの、こんなお土産じゃ家に入れないと途方に暮れていたところ、お前の姿が見えて……。イサミナ、これをどうにかできないか？　頭のいいお前なら、元に戻せる方法を知っているんじゃないか？」

救いを求めるように、彼は懇願してきた。

——実はイサミナは村の中で一番頭の回転が速く、なにか問題が起きると、こうして頼られることがよくある。

しかし、取れてしまった花びらを戻す方法などさすがに存在しない。

「無理よ。私は神様じゃないもの、こうなってしまった花を元に戻すことはできないわ」

期待を持たせないよう、イサミナははっきりと告げる。すると、彼はがくりと肩を落とした。

「そうか……そうだよな。お前にだって無理だよな。嫁さんを喜ばせようと思ったのになぁ……」

彼は悲しそうに眉根を寄せて、とぼとぼと歩き出す。

「困らせて悪かったな、イサミナ。……このまま嫁さんに渡すよ」

「待って！　元には戻せないけど、お嫁さんを喜ばせる方法ならあるわよ」

イサミナは慌てて彼を引き留める。

「えっ？」

「花びらが散ったからこその、とびっきりの贅沢があるのよ」

イサミナはにこりと微笑んだ。

結婚したばかりの彼とお嫁さんの仲がいいのは周知の事実だ。お嫁さんにしてみれば、出稼ぎでずっと会えなかった旦那が帰ってくるだけでも嬉しいだろうし、たとえ花びらが散っていても、珍しい薔薇をお土産に渡されたら喜ぶだろう。

　だからイサミナが提案するのは、お嫁さんではなく彼が満足する方法だ。お嫁さんが喜ぶことはわかりきっているので、求められているのは彼が納得のいく形でお嫁さんにお土産を渡す術である。

「花束を貸して」

「あ、ああ」

　イサミナは棘が刺さらないように気をつけながら、花束から一輪だけ引き抜く。彼が言っていた唯一の元気な薔薇だ。

「まず、無事なこの薔薇だけを綺麗に包みましょう。花びらが大ぶりだから一輪でも十分見栄えがするわ。そして残りの花は温泉に浮かべるのよ」

「えっ？」

「薔薇風呂にするの。薔薇の花びらを使ったお風呂なんて贅沢すぎて、普通はできないわよ。お嫁さん、きっと喜ぶわ」

　取れてしまった花びらを眺めて、イサミナが言う。

　この村は貧しいものの温泉が湧いているので、男女別の共同浴場がある。朝風呂に入る村人は滅多にいないので、朝の時間帯なら浴場を独り占めだ。

　薔薇風呂にするなら、暗い夜よりも明るい時間帯のほうが絶対にいい。明け方のまばゆい光がきらきらと水面を照らし、その上に薔薇の花びらが浮かんでいたら、どれほど綺麗だろうか？　この貧しい村ではなかなか目にすることができない、素敵な光景になること間違いなしである。

　もっとも、薔薇の花びらを集めてポプリにしたり、押し花にしたりする方法もあった。しかし、彼はわざわざ生花を選んで買ってきたのだ。薔薇を扱っているお店なら、ポプリも押し花も売っていただろう。それでも彼がお土産として選ばなかったことを考え、生花だからこその贅沢をイサミナは提案する。

「もうすぐ夜が明けるわね。浴場に薔薇を浮かべてきてあげるから、空が明るくなったらお嫁さんを起こして浴場に行くように伝えて。この元気な一輪は、私が綺麗に包んで脱衣所に置いておくわね。きっと、びっくりするわよ」

「……！　わかった、ありがとうイサミナ！」

　彼は軽い足取りで、自分の家へと戻っていく。その後ろ姿を見送ってから、イサミナは準備にとりかかった。

「ありがとう！　ありがとう、イサミナ！　嫁さん、喜んでたよ！」

質素な朝食を食べ終えると、出稼ぎから戻ってきた男がイサミナの家まで礼を言いにやってきた。その表情は明け方に出会ったときと打って変わって、生き生きとしている。

どうやら、イサミナの案は彼を満足させたようだ。

「嫁さん、あんなの初めてだって……！　すごく綺麗で、一生忘れないって言ってた」

「よかったわ」

イサミナは微笑んだ。

男という生き物は女の「初めて」に価値を見出す。お嫁さんが何気なく口にした「初めて」という言葉は、さぞかし彼の自尊心をくすぐったことだろう。新婚夫婦を喜ばせられたイサミナは嬉しくなる。

「俺のせいで、朝は水を汲めなかっただろう？　俺が代わりに並んで汲んできたから」

「ありがとう。あとで汲みに行こうと思っていたから助かるわ」

朝は薔薇風呂の準備をしたり、一輪だけ包み直したりと忙しく、いざ水を汲みに行こうとしたときには井戸に人が並んでいた。温泉水も飲めるけれど、いかんせん熱い。冷たい水が湧き出る唯一の井戸は貴重で、朝はどうしても長蛇の列ができる。

とりあえず諦めたが、やはり朝は冷たい水を飲みたいので、これはありがたい。

「あと、これは嫁さんと俺からお裾分け。他のみんなには内緒な」

イサミナは包み紙を渡される。その中身は都会でしか買えない柔らかい干し肉だった。村で干し肉を作ると、硬い上に味が濃くなってしまう。だから、優しい味付けの柔らかい干し肉はとても貴重だ。分けてもらえたイサミナは喜ぶ。

「ありがとう！」

「こちらこそ、ありがとう。じゃあな！」

彼はそう言って帰っていく。

その後、ちょうど今日はイサミナが浴場の清掃当番だったので、薔薇風呂の後片付けを終えると、声が聞こえてきた。

「聖女様だ！」

「聖女様がいらしたぞ！」

家の中にいた者は外に出て、畑を耕していた村人は一斉に農具を置く。皆、村の中心にある広場に集まった。もちろんイサミナも広場へと向かう。

人の群れに加わって待つこと少し、ひとりの娘が村人の前にやってきた。彼女はイサミナと同じくらいの年だ。彼女が一歩足を進めるたびに、ふわふわの茶色い髪が風になびく。

　そんな彼女の後ろを、長くまっすぐな水色の髪をした男がついていった。抜きん出た美貌の持ち主で、その端整な顔は女性はもちろんのこと、男性さえ魅了すると言っても過言ではない。

　人間離れした容姿——そう、彼は人間ではない。背中には、白い翼が生えている。

　彼こそが天使であり、天使を連れている娘が聖女だ。

「聖女様、今日もありがとうございます」

　村長のゼプが代表して聖女に挨拶をする。それに併せて、村人全員が彼女に頭を下げた。

「いえいえ、このくらい構いませんよ。それでは、始めますね」

　聖女は微笑み、手にしていた聖書を開いて朗読を始める。村人たちは手を組みながら、そのありがたい言葉に耳を傾けた。

　このように、週に一度、隣の村に住む聖女がやってきて聖書の朗読をしてくれる。

　一回につき数分の朗読。分厚い聖書は一年かけて読まれ、年が明ければまた最初の項目に戻った。

　毎年繰り返されるとはいえ、聖書のそれぞれの項目は一年に一度だけしか読まれない。聖書は聖女しか持つことを許されず、村人たちは幾度も聞かされたその内容に「聞き覚えがある」と思っても、細部まで覚えてはいないので、真剣に聞き入っていた。

　今日朗読される内容は悪魔についてである。聖女の鈴のような可愛らしい声が響き渡った。

「悪魔は神や天使と敵対する存在であり、すなわち神を信仰する我々にとっても敵である」

（通常、悪魔は魔界に住んでいる。なんらかの方法で地上に現れると、殺戮を楽しんだり、人間を惑わしたりして不幸をもたらす。故に、悪魔は発見次第、排除しなくてはならない――ってね）

　聖女が読むより先に、イサミナは心の中で次の文を読む。それと一字一句違えず、聖女が同じ文章を朗読した。

　実はイサミナは聖書の内容を全て記憶している。このくらい、彼女には簡単なことだ。だから、聖女によるありがたい聖書朗読の時間はイサミナにとって暇な時間でもあった。祈るふりをして俯くと、サラリと流れてきた桃色の髪が視界に入ってくる。

　十八歳になったばかりのイサミナは、この国では珍しい桃色の髪をしていた。肩より少し下で切りそろえた髪は、自分でも気に入っている。

　村人たちに頼られるほどの頭のよさ、聞いただけで聖書を全文覚えられるほどの記憶力、そして一風変わった桃色の髪。それをもってしてもイサミナはただの村娘であり、目の前にいる特別な存在——そう、神様に選ばれた聖女の足下にも及ばない、ちっぽけな存在だった。

美しい顔をした水色の髪の天使も、ただの村娘であるイサミナのほうなど見向きもしない。彼は愛おしそうに聖女だけを見つめている。

(私も聖女になれたら、もっとみんなの役に立てて、この村の暮らしも楽になるのに……)

そんなことを考えているうちに聖書の朗読が終わり、暇な時間から解放された。朗読の時間は苦痛だが、それでも週に一度の聖女の来訪は嬉しい。

「今週の施しは村の入り口に置いてあります。それでは、また来週にお会いしましょう」

聖女は優雅に礼をして、天使とともに村を出ていく。

彼女の背中が見えなくなるまで見送ったあと、村人たちはそわそわしながら入り口に置かれた木箱を開けた。そこには野菜が山盛りに入っていたが、どれも傷んでいる。

「チッ、なんだこれ」

誰かの舌打ちが響く。木箱の中を覗いた村人たちは次々に肩を落とした。

落胆する大人たちと木箱を見比べて、無邪気な子供が声を上げる。

「ねーねー。聖女様はケチなの?」

「しっ！　聖女様の悪口なんて言ってはいけないよ！」

「そうだぞ、坊主。そもそも、聖女様はこの施しの中身までは知らない。実際に用意するのは隣村の村長だ。ケチなのはそいつだよ」

「聖女補助金を沢山国からもらってるくせに、隣の村の村長は本当にろくでなしだ」

木箱の中身が大したことないとわかると、男たちは畑仕事に戻っていく。傷んでいても貴重な食料なので、女たちは木箱から野菜を取り出し、手分けして運び始めた。

「すぐに傷んでいる部分を切り落としましょう」

「そうね、結構食べられる部分があるわよ」

気分を落とさないように明るく言葉をかけ合う。

先ほど無邪気な質問をした子供が野菜を運ぶのを手伝いながら、再び疑問を口にした。

「ねえねえ、聖女ってなんなの？　どうしてうちの村には聖女がいないの？」

どうやら、聖女やこの国の仕組みに興味が出てきたらしい。大人たちが彼に優しく教える。

「聖女っていうのは、神様の力を授かった特別な存在なの。聖女は天界から天使を召喚することができて、その天使は不思議な力で私たちにできないことを手伝ってくれるのよ」

「作物を育てるのには水が必要でしょう？　ずっと雨が降らないと田畑が乾いて作物が枯れてしまうから、そういうときは雨を降らせてくれるの。あとは、天使様は空が飛べるから、崖に橋を架けるのも手伝ってくださるのよ。この国が発展してきたのは天使様のおかげだわ」

「すごい！　天使って雨を降らせることができるんだ！」

子供が目を輝かせる。天使には翼があるので、空を飛べることは予想がついていたようだが、天気を操れることまでは知らなかったようだ。

天使は雨を降らせるだけではなく、雨期に川が氾濫しそうになれば雨をやませてくれる。大雪で雪崩が起きそうならば、雪そのものを消すことすら可能だ。よって、この国では自然災害はとても少ない。

「さっき聖女様と一緒にいらっしゃった、あの水色の髪をしていた方が天使様なのよ。……本当、いつ見てもお美しいわよねぇ」

天使の美貌を思い出し、女性たちはうっとりとため息をこぼす。

「ええと……確か、隣の村はお金持ちなんだよね？　それってつまり、天使がお金を作ってくれるの？」

「違うわよ、天使は人間の手助けをしてくれるだけ。隣の村がお金持ちなのは、聖女様がいるおかげなの」

「聖女がいる村は国から聖女補助金といって、沢山のお金をもらえるのよ。だから、隣の村は裕福なの」

　この国において、聖女と天使は神様に次ぐ信仰の対象だ。聖女と天使が住む場所の環境を整えるために、聖女がいる村には国から補助金が支給される。聖女がいる村なら、どんな辺境にあろうと綺麗に整備されて豊かだった。

「この村にも聖女がいればねぇ……。こんな惨めな施しを受けずに済むのに」

　誰かが呟いたその言葉に、皆が頷く。

　イサミナの村はとても貧しい。

　よって週に一度、聖女が聖書を朗読しに来る際に隣村から施しを受けていた。聖女補助金をもらっている村は、近隣に貧しい村があれば施しを与えることが法律で決められているのだ。

　施しは隣村の若い男たちが運んできて、聖女の来訪の際に村の入り口に置いていく。

　隣村に聖女が誕生した数年前、初めてもらった施しには新鮮な肉と野菜に酒まで入っており、その晩は皆で宴をした。しかし、その施しの内容が徐々に貧相になっているのだ。

　まずは酒がなくなり、次に肉がなくなり、今では傷んだ野菜が入れられる始末である。

聖女補助金で隣の村は裕福になり、お金を手に入れた村長が欲深くなったという噂が流れていた。しかも最近は村を大きくするために、隣村を囲んでいる木を伐採する計画を立てているらしい。それにはかなりの資金が必要になるから、イサミナの村への施しを節約しているのだろう。

そういった事情もあり、聖女と天使のことは崇拝しているものの、隣村の村長の印象は悪かった。

「聖女って、どうやったらなれるの？　僕でもなれる？」

聖女がいれば村が裕福になると理解した子供が明るく訊ねてくる。

「聖女は女の人しかなれないのよ」

「そうなのかぁ……。それって、生まれつき決まってるの？」

「いいえ。ある日突然、神様から聖女に選ばれるという話よ。隣村の聖女も、五年前に聖女になったばかりなの」

「神様から力を授かると、手の甲に花の形の痣が浮かぶのよ。それが、聖女として選ばれた証というわけ」

ひとりの村娘が、己の手の甲を眺める。それにつられるように、他の女たちも自分の手の甲を確認し始めた。もちろん、そこに花の痣などない。それでも、この村に聖女が現れれば暮らしが楽になると思うと、確かめずにはいられないのだ。

　イサミナも何気なく自分の手の甲を見る。先ほど浴場の掃除をしている途中に見たときは痣などなかった。だから、なにもないと思っていたのだが――

「えっ」

　イサミナは持っていたトマトを落とした。熟しすぎたそれは、地面の上でぐちゃりと潰れる。

「ちょっと、どうしたのイサミナ」

「ま、待って！　こ、これ、これ……っ」

　動揺しながら、手の甲を差し出した。それを見た女たちが驚いて目を瞠る。

「ええっ⁉」

「嘘っ、これ――」

　――イサミナの右手には、聖女の証である花の痣が浮かんでいた。

◆　◆　◆　◆

　イサミナが聖女になったという噂は、あっという間に村中を駆け巡った。帰りかけていた隣村の聖女を呼び戻して確認してもらう。

「おめでとうございます。これは、間違いなく聖女の証です」

隣村の聖女のお墨付きをもらったことで、村人たちは歓喜に沸いた。ただちに寄合所へ村人が集まる。

「まさか、うちの村にも聖女が現れるなんて……！」

「よくやった、イサミナ！」

「神様はやっぱり見ていてくれたのよ。隣村からの施しが酷いのを見かねて、この村にも聖女を使わしてくださったのね！」

国に聖女が現れたと申請すれば、審査のあと聖女補助金の支給が開始される。この貧しい村も豊かになっていくだろう。暮らしが楽になると、誰もが喜んでいる。

「国に申請する前に、本物の聖女である証明として天使を召喚しておくんだよな？」

誰かの呟きに皆が頷く。聖女に選ばれたら、まずは天使を召喚しなければならないのだ。

「早く儀式をして、この村に天使様を喚ばないと！」

「イサミナ、頑張って！　隣村の天使に負けないくらい、素敵な天使を召喚してちょうだい！」

若い村娘に手を握りつつ励まされて、イサミナは苦笑する。

突然のことで、自身には聖女になった自覚などなかった。

だって、つい先ほどまで手に痣なんて浮かんでいなかったのだ。にわかに気持ちがついていかない。イサミナ本人より周囲の村人たちのほうが、この状況を喜んでいる。

「すぐにでも儀式をしたいが、なにを準備したらいいのかわからんな」

村長のゼプが腕を組みながら小首を傾げた。

「隣村の聖女様が、天使を召喚する儀式に必要なものと、儀式の手順を書いた手紙を送ってくださるそうです」

「そうか！　では、手紙が届き次第、できる限り早く儀式を執り行おう。……イサミナよ」

ゼプがイサミナの青い目を覗きこんでくる。

「お前のおかげで、この村は救われる。ありがとう」

「村長……！　私こそ、村長のおかげで生きてこられたのよ。恩返しができるのは嬉しいわ」

実はイサミナの両親は十歳のときに亡くなっていた。ひとりでどうやって生きていこうと途方に暮れていたところに、村長のゼプが救いの手を差し伸べてくれたのだ。彼がなにかとイサミナのことを気にかけてくれたおかげで、なんとかひとりでもやっていくことができた。

イサミナにとって、ゼプは親代わりであり、恩人でもある。だから聖女に選ばれたことよりも、聖女補助金で村長に恩返しできることを嬉しく思っていた。

未だに実感は湧かない。それでも、儀式を行い、天使を召喚すれば聖女としての自覚が出てくるだろう。

（一体、どんな天使様が来てくださるのかしら？）

天使は皆美しい姿をしているらしい。隣村の聖女が召喚した天使もかなりの美貌だから、まだ見ぬ天使のことを想像しただけで、イサミナはどきどきしてしまうのだった。


——そして翌日、隣村の聖女から手紙が届いた。

「これで、うちの村が施しをする必要はなくなったな。毎週あの荷物を運んでくるのも大変だったんだ。感謝しろよ」

手紙を持ってきた隣村の男は、そんな憎まれ口を叩いていた。いつもなら憤慨するところだが、今日ばかりは村人たちも浮かれているので聞き流す。皆で肩を寄せ合いながら手紙を見た。

手紙を覗きこんだイサミナは、書かれていた内容にほっとする。

「お供えものさえ準備できれば、儀式自体は簡単なのね」

人ならざる天使を召喚するのだから、どれだけ大変な儀式が必要になるのかと心配していたけれど、儀式の内容は神への供物（くもつ）を並べて召喚の呪文を唱えるという簡単なものだった。

村人たちも儀式の内容に安堵している。

「とりあえず、神様へのお供えものを準備しないとな！」

「ええと、まずは馬。……馬っ？　おい、馬なんてうちの村にはいないぞ」

「茶色い牛がいるから、それでいいだろう」

「そうだな。四本足で、尻尾も耳もあって、馬と同じ茶色だし、牛で十分だ。よし、オレたちが牛を準備する」

そう言って村の男たちが牛舎へと向かう。イサミナは思わずゼプの顔を見た。

「う、牛……？　牛で大丈夫かしら……!?」

「馬を準備するのは難しいし、隣村から借りるにも、あとであの村長になにを要求されるかわからないからなぁ……」

ゼプは眉根を寄せる。

「確かに隣村の村長はケチだし、うちの馬のおかげで天使様を召喚できたのだから、補助金をいくらか寄越せって言ってきそう……」

イサミナは牛舎に視線を向けた。早速、茶色い牛がゆっくりと連れ出されてくる。どこからどう見ても立派な牛だ。

「……うん、遠目に見れば馬に見えないこともないかも……。……ほぼ馬と言っていいわね」

一抹（いちまつ）の不安がよぎりつつも、イサミナは「あれは馬だ」と自分に言い聞かせる。気を取り直すように、他に必要なものを確認した。

「あとはトマトだって」

「それなら昨日イサミナが落としたやつがあるわね。聖女騒ぎで、あそこに落としたままになっているはずよ」

「もったいないから、それを使いましょう。私、取ってくるわ」

村娘が立ち上がり、トマトを落とした場所へと向かう。

「あの潰れたトマトを……？」

イサミナは再び不安になった。

昨日落としてしまったトマトは潰れて原形を留めていない。しかも、熟（う）れすぎていて腐る一歩手前だ。

「でも、トマトであることは変わらないわよね……？　隣村の聖女様からの手紙でも、トマトの状態は指定されていないし。潰れていていても、腐りかけていても、トマトはトマトよね、うん」

深く考えないことにしたイサミナは、次の項目を確認する。すると、「大きな赤い布」と書かれていた。

「大きな赤い布って、随分と曖昧な言い回しね。どのくらいの大きさかしら？」

「そもそも、赤い布なんて持ってる奴いるか？」

「赤の染料は高価だから、赤い服を持ってる奴だってなかなかいないだろう」

赤い布の心当たりがなく、皆が顔を見合わせる。すると、養鶏をしている男が声を上げた。

「聖女誕生の祝いに、鶏を絞めて振る舞う予定だったんだ。使い古しのシーツを鶏の血で染めれば赤くなるんじゃないか？」

「えっ」

これにはさすがにイサミナも絶句する。一方、村人たちは歓声を上げた。

「そうだ、それでいい！　お前、頭いいな！」

「シーツなら十分大きいだろう」

「よし、じゃあ早速捌いてくる！」

養鶏をしている男が立ち上がると、「手伝おう！」「シーツは私が提供するわ」と、数人がそのあとをついていく。

（血染めのシーツって……!?）

天使を召喚する神聖な儀式に血染めのシーツはどうかと思う。馬も牛だし、トマトも腐りかけて潰れているし、なんだかとんでもない儀式になりつつある気がする。

ゼプも不安なのだろう、イサミナに弱々しい視線を向けてきた。

「イサミナ、大丈夫だと思うか？」

「き、きっと大丈夫よ！　……多分」

引きつった笑顔でイサミナは答える。

そんな調子で、その日の午後には全ての供物が準備された。……もっとも、それらの半分以上が首を傾げてしまうような内容だったのだが。

（こ、これ、本当に大丈夫かしら……？）

一抹の不安がよぎるものの、準備が整ったので広場に村人全員が集まる。

手紙に書いてあった通りに供物を横一列に並べた。腐りかけのトマトと、シーツを染める鶏の血の臭いがつんと鼻をつく。モーと、牛の暢気な鳴き声が響いた。

「では、イサミナよ。天使様を召喚してくれ」

村長のゼプに言われてイサミナは頷く。そして、手紙に書かれていた言葉を唱えた。

「神よ、私の手に印が現れました。神よ、私は聖女になりました。神よ、私は聖女として民のために尽くすことを誓います。神よ、供物は全てここにあり。神よ、神よ、私に天からの使いを与えてください！」

イサミナは必死で祈る。

（天使様、どうかこの村を救ってください）

都会から遠く離れたこの村は貧しい。冬になると食べるものにも困る始末だ。まだ死人は出ていないけれど、今のままの暮らしが続けば、そう遠くないうちに生きる力の弱い者から冬を越せず力尽きてしまうだろう。

この村にとって、聖女補助金は絶対に必要なものだ。

（ちゃんとした供物を用意できなかったかもしれない。でも、一応あれは馬のつもりで、腐って潰れているけどトマトで、赤い布なのは変わりないんです！　私たちを、見捨てないで――！）

手をぐっと組んでイサミナは天を仰ぐ。あの空の向こうにいるはずの、天使に向けて祈りを捧げた。その表情は今にも泣きそうである。

――すると、静寂の中で風が巻き起こった。周囲一帯がまばゆい光に包まれる。目の前が真っ白になり、なにも見えない。

それでも、何者かが現れたのはわかった。人間ではない気配を確かに感じる。

ようやく光が収まり、ぼんやりと何者かの姿が見えてきた。

「え……？」

イサミナは目を瞠った。

ゼプも村人も、皆が言葉を失っている。

そこに、ひとりの男が立っていた。漆黒の長い髪を頭の高い位置で縛り、身につけているのは毛皮の腰布だけ。逞しい胸筋は露わになっており、身長もかなりある。

そんな彼の背中には黒い翼が生えていた。

顔立ちは美しい。人を惹きつけるその瞳の色は――赤朱色。

誰もが黙りこんでしまった中、イサミナが彼に声をかけた。

「ええと……あなたが天使？　随分変わった格好をしているのね？」

その問いかけに彼はあざ笑う。悪意が滲んだその笑みは、天使が浮かべるような表情にはとても見えなかった。

「おいおい、俺のどこが天使に見えるんだ。俺は悪魔だ」

「悪魔……？」

悪魔は白い翼を持つ天使とは異なり、黒い翼を持つとされている。目の前にいる男の翼の色は、誰が見ても立派な闇の色だ。

「な、なんですってー⁉」

イサミナは思わず素っ頓狂な悲鳴を上げた。天使を召喚するつもりだったのに、まさか悪魔を召喚してしまうとは。

呆然と立ち尽くすイサミナをよそに、村人たちは腰を抜かして地面に尻餅をつく。

「あ、悪魔……だと……」

「ひえぇ、助けてくれ！」

「天使様は？　なんで天使様が来ないんだ？」

逃げ出そうにも、悪魔を見た恐怖で足がすくんで誰も動けなかった。恐ろしさのあまり体を震わせている。いつも冷静なゼプも悪魔の姿に口をあんぐりと開け、呆然と地面にへたりこんでいた。

震えずに立っていたのはイサミナだけである。

「どうして、天使じゃなく悪魔なんかが召喚されたんだ？」

「ちゃんと供物を用意しなかったのがいけなかったのか……？」

村人たちのざわめきがイサミナの耳に届く。

（そうでしょうね！）

声には出さなかったものの、心の中で同意した。

（よくよく考えてみれば、馬と牛の区別がつかない天使なんて相当ヤバいわ。そりゃ悪魔が召喚されるはずよ……）

そんなイサミナの心の声が聞こえたかのように、悪魔が言った。

「あんな儀式で、お高くとまっている天使の奴が召喚に応じるわけないだろう。おかしな気配を感じて召喚に応じてみたが、なんだこの供物は！　血まみれの布まであるじゃないか。これで天使を喚ぶなぞ、とんだ笑いものだな！」

イサミナは内心で「ごもっともです！」と頷く。悪魔ながら彼の言うことは正論すぎて、ぐうの音も出ない。

蔑んだ目で供物を見る悪魔の姿に、村人たちが不安を口にした。

「悪魔なんか召喚して、この村はどうなるんだ……？」

「召喚された悪魔は、暴れ回るんじゃなかったか？　悪魔に滅ぼされた村は沢山あるだろう？」

その村人の言う通り、人間界に現れた悪魔が人間を蹂躙し村を滅ぼすというのは、実際にあったこととしてイサミナも聞いている。

悪魔の召喚方法は一般的には知られていないが、どこかの地域に伝承として残っているらしい。密かに伝わったそれを知り、興味本位で試してしまう愚か者が数年にひとりはいるのだ。

天使が見守ってくれるこの国においては、自然災害よりも、数年に一度の悪魔による被害のほうが酷いと言える。

「悪魔が現れると、僧兵が派遣されてくるんだよな？　僧兵に倒してもらえば……」

「でも、この村が悪魔を召喚したと知られたら、罰を与えられるかもしれないわ。間違って召喚したとは、信じてもらえないかも」

「なんてこと……！」

悪魔を召喚した者は死罪だと法律で決まっている。今回の場合、召喚者はイサミナだが、村の皆で準備したので、連帯責任を問われる可能性も十分にあった。

村人たちの顔が絶望に染まる。その様子を見て、悪魔はあざ笑いながらイサミナに声をかけてきた。

「お前が俺の召喚者だな？　俺たちはいわば運命共同体だ。気が向けば望みを叶えてやってもいいぞ？　代償は高くつくがな」

「……っ」

悪魔の囁きに、冷たいものが背筋を走り抜けていく。呆けていたゼプがイサミナに呼びかけた。

「イサミナ、甘言に惑わされるな！　悪魔を信用してはならん！」

「村長……」

イサミナはゼプを見る。彼は震えつつも、イサミナを心配して必死に声を絞り出してくれていた。

「召喚された悪魔は、召喚者を殺せないと聞いたことがある。こうなったら、お前が助けを呼びに行け！　僧兵を派遣してもらい、悪魔を倒すしかない」

「そうはさせるか。俺も無駄に殺されるつもりはない。助けを求めに行くというなら、まずはお前たちを皆殺しにしてやる」

悪魔が村人を一瞥する。その冷たい眼差しに、とうとう子供が泣き出してしまった。

「やだよ、死にたくないよぉ」

「助けて！」

「うわぁぁあああん」

ひとりが泣き出すと、それは周囲の子供にも伝染していく。大人までもがすすり泣き、「どうか子供だけでも助けてください」と涙ながらに訴える声が聞こえてくる。

泣く子供たちと、恐怖に震える村人たち。イサミナの耳に届くのは阿鼻叫喚（あびきょうかん）の声。助けてという呟きに背中を押される。

ゼプが言った通り、悪魔は自分を召喚した者を殺せないと聞いたことがあった。だから、この状況で命の危険なく彼と交渉できるのはイサミナだけだ。

（私が、どうにかするしかない！）

「っ、んんっ」

イサミナは咳払いをする。

村人たちの運命は自分の手に委（ゆだ）ねられた。悪魔の気まぐれで、この村の人間の命は簡単に奪われてしまう。

それに、悪魔を召喚したことが国に伝わり、僧兵が派遣されたとしても、村人が助かるかどうかは五分五分だ。僧兵が来ればこの村は戦場となり、それに巻きこまれて死ぬ者も少なくないだろう。おそらくは、逃げ足の遅い女、子供から命を落とすことになる。

それがわかっているからこそ村人たちは震えているのだ。まだ死にたくないと、怯える瞳が物語っている。

「……っ」

だからイサミナは覚悟を決めた。

村人たちの悲鳴はイサミナを混乱させるのではなく、かえって冷静にさせた。少しだけ瞑目して頭を回転させる。

——果たして、どのくらい時間が経っただろう。

それは一瞬だったのか、それとも数分だったのか。イサミナはある計画を脳裏に描く。

「みんな、聞いてちょうだい！」

声をかけると、視線が一気に集まった。

「私はみんなを捨てて助けを求めに行くことなんてできないし、もし僧兵が来てくれたとしても、この村は戦場となって私たちの命も危ないわ。それに助かったとしても、悪魔を召喚した責任を問われるかもしれない」

「どちらにしろ、俺たちは助からないじゃねえか！」

咎めるような声に、イサミナは答える。

「助かる方法がひとつだけあるわ！」

高らかに告げると、村人たちの顔に一筋の希望が浮かんだ。子供たちも泣きやむ。

「えっ……？」

「イサミナ、どういうことだ？」

村人たちは期待をこめてイサミナを見ていた。悪魔も興味深そうな眼差しを向けてくる。

大きく深呼吸をしてから皆に告げた。

「彼を天使ということにして、誤魔化すのよ！　天使を召喚したとなれば、補助金だってもらえるわ」

一拍置いたあと、村人たちから驚愕の声が上がった。

「悪魔を天使だと言い張るのか？　そんなこと本当にできるのか？」

「やるしかないわ！　みんな命は惜しいし、なによりお金が欲しいでしょう!?」

「そうは言っても、その黒い翼は誤魔化しようがないだろう」

「なんとか誤魔化すしかないでしょう！　お金っ、欲しいでしょう？　私は欲しいわ！」

お金が欲しいと高らかに宣言して、イサミナはぐっと拳を握りしめた。

「黒い翼、上等じゃない！　わざと悪魔の姿をしていることにしましょう！　悪魔の姿になることで自らを苦境に置き、さらなる高みを目指しているとか、なんとでも理由をつければいいじゃない。それに……」

イサミナは悪魔を見る。冷たい相貌をしているものの、その容姿は人並み外れて美しい。

「みんな、この顔を見て！　こ・の・か・おっ！　翼の色はともかく、この顔のよさなら天使だって言い張れると思う！　相手が女だったらまず騙せるわ」

イサミナの言葉に、「確かに顔がいい……」と若い女性たちの呟きがちらほら聞こえてきた。

――そう、この悪魔はとても顔がいいのだ。「天使です」と言われたら信じてしまいそうなくらいに。

「おい……俺が大人しく天使のふりをすると思うか？」

顔のよさを褒められた悪魔が、苦虫を噛み潰したような表情を浮かべる。

「悪魔は人を騙したり、困らせたりするのが好きなんでしょう？　今から私たちは国を欺き、聖女補助金を……つまり、お金を騙し取るの。宗教国家において、お偉いさん相手に悪魔を天使だと騙るなんて、まさに悪魔の所業だと思わない？」

イサミナは堂々と言い切った。すると悪魔が興味深そうな表情を見せる。

「ほう……？」

（乗ってきた！）

イサミナは思わず微笑んだ。

「あなたも悪魔ならこんな辺鄙な村の民ではなく、国っていう大きい存在を相手にしないと！　そもそも、今まで地上に現れた悪魔は国の僧兵によって倒されているの。悪魔の敵とも言える連中を騙してお金を巻き上げるなんて、悪魔的にも楽しそうでしょう？」

　イサミナはいかにも余裕のある顔を意識する。

　本当は心臓がはちきれそうだ。でも、悪巧みをする人間が不安そうにしてはいけない。そんな表情を見せたが最後、相手の興味を引くことはできないだろう。

　笑みを浮かべながらも、胸はどくどくと早鐘を打っている。その音が相手に聞こえないのは幸運だった。

「こんな辺鄙な村を滅ぼしても楽しくなんかないわよ。それよりは国からお金を奪って、一緒に贅沢しちゃいましょう？」

「なるほど。お前は悪魔を誑かすつもりか」

　全てを見透かしていると言わんばかりの瞳で、彼はイサミナを見つめてくる。値踏みするような眼差しを受け、イサミナは彼を睨み返す。

　どうやらこの悪魔は、イサミナの考えることなどお見通しの様子だ。それならそれで打つ手はある。

「あなた、笑ってるわよね。私の話を面白そうだと思ってるんじゃない？」

　堂々とイサミナは言い返した。

「村ひとつ滅ぼすくらい、悪魔にとっては簡単でしょう？　それよりは、この酔狂な茶番に付き合ってみたらどうかしら。いい暇潰しになると思うわ」

村人たちの命、自分の運命、その全てがかかっている重要なことを、イサミナはあえて「暇潰し」と言い捨てた。些細なことだと強調し、「その程度なら……」という気持ちを悪魔から引き出そうと思ったのだ。

「なるほど、暇潰しか。じゃあ、俺を楽しませてくれるのか？」

「もちろんよ。弱者を単純に力で蹂躙するなんて面白くないわ。地を這う蟻を踏み潰しても楽しくないでしょう？　人間を屈服させるなら、ここを使うべきよ」

イサミナは己の頭を指さす。

「人間がもっとも価値を見出すお金を、国を騙して巻き上げるの。体を使うんじゃなくて、頭を使った戦いよ。楽しいに決まってるじゃない」

「ふむ……悪くないな」

悪魔が呟く。

（よし！　この悪魔、意外とちょろいかも！）

彼が知ったら激怒しそうなことを思いながら、イサミナは心の中で歓声を上げた。そんな中、ゼプが信じられないという顔で訊ねてくる。

「お、おい、イサミナ……。本当に、そんなことをするつもりか？」

すでに覚悟を決めていたイサミナは、まっすぐな瞳で頷く。

（今度はみんなを説得しないとね。悪魔よりは簡単なはず……）

イサミナはたったひとりで悪魔と村人の両方を説得しなければならない。皆を救うために、やるしかないのだ。

手を広げ、胸を張って村人たちに語りかける。

「悪魔を召喚したなんて知られたら、この村は終わってしまうわ。それに、もし恩情でみんな助かったとしても、悪魔を倒すときは僧兵にも多くの犠牲が出るって言うじゃない？　この村を出て僧兵になった人、沢山いるでしょう？　悪魔討伐の際、その人たちは地理に詳しいから、間違いなくここに派遣されるわ」

この村は貧しいせいで出稼ぎに行く者が多い。その中でも腕に覚えのある若者は、高給取りである僧兵に志願する。僧兵になった息子の仕送りをもらっている家が多かった。

イサミナがそのことを持ち出すと、自分の息子が僧兵である親たちが首をぶんぶんと横に振る。

「俺の息子を死なせたくはない！」

「そうよ！　数年前にあった悪魔討伐では、僧兵が百人くらいあっさり死んだっていうじゃない。私の子が助かる保証はないもの……。避けられる戦いなら避けたいわ」

自分の子を死なせたい親などいない。思惑通り、村人たちは僧兵の悪魔討伐に難色を示す。

　村人たちの顔色が変わったのを見て、イサミナは再び悪魔に向き直った。

「悪魔が存在するとわかると、国から僧兵が派遣されてくるの。特別な訓練を受けた兵士よ。今まで地上に現れた悪魔は全て倒されているわ。あなたもきっと、倒される」

　その話は嘘ではない。それがわかっているのだろう、悪魔はイサミナの言葉にきちんと耳を傾けた。

「天使のふりをするのは、あなたにとっても悪い話ではないと思うの。もっとも、このまま大人しく魔界に帰ってくれるなら話は別だけど」

「いや、召喚された悪魔は、自分の意思では魔界に帰れない」

　悪魔は腕を組む。

「確かに、人間界へ行って無事に帰ってきた悪魔の話は聞いたことがない。お前の言っている話は本当らしい。僧兵とやらがどれほど強いのかわからないが、戦ったら俺は最終的に殺されるんだろうな」

「ええ、そうね」

　イサミナが断言すると、悪魔はため息を吐く。

「どうせ殺されるなら、ひとりでも多くの人間を殺してやる――っていう血の気の多いはただの馬鹿だ」

悪魔もいるが、俺は違う。むざむざ死ぬのはごめんだな。自ら望んで危険な目に遭うの

「じゃあ……」

「お前の度胸に免じて、口車に乗ってやる。国を騙すっていうのも面白そうだしな」

「やった……！」

イサミナは拳を握りしめる。そして、村人を見回した。

「みんな、それでいいよね!?」

問いかけると、すぐに答えが返ってきた。

「それでいいもなにも、それしか方法がないなら……やるしかないだろ！　補助金も欲しいしな」

「そうよ！　悪魔さんはとっても美形だもの、天使だと思えば……うん、天使に見えてきたわ。それに、お金も欲しいわよね」

「悪魔も天使も人間じゃないことには変わりない。それに、この村が聖女補助金をもらえれば、暮らしがぐっと楽になる。金は欲しい！」

反対の声は上がらなかった。しかも、「お金が欲しい」という欲望が口をついている。

腰を抜かしていたゼプも、とうとう立ち上がった。

「こうなったら、腹をくくろう。一蓮托生だ！　我々の聖女は、天使を召喚したんだ！」

村長の宣言に、村人たちは拍手した。

「天使万歳！」

「天使様っ！」

半ば、ヤケになったような声援が響く。

（な、なんとかなるかも……!?　ありがとう神様……って、いやいやいや、感謝すべきは悪魔様？）

まだ課題は山積みだが、とりあえず光明が見えてきたとイサミナは思った。そんな彼女の耳元に悪魔が唇を寄せ、そっと囁いてくる。

「頭の回転が速い女は嫌いじゃない。他の奴らを口車に乗せる姿も気に入った。お前、一流の詐欺師になれそうだな？　しばらくは付き合ってやるから感謝しろ」

「……ええ、ありがとう。ところで、あなたの名前は？」

名前がわからないと不便なので訊ねてみる。すると、彼は自分の目を指さしつつ言った。

「ヴァーミリオン。この目の色だ」

血よりは鮮やかな、しかし夕焼けにしては濃い色の瞳――。まっすぐに見つめられて、イサミナは思わず見惚れそうになる。

「わ、私はイサミナよ。よろしく、ヴァーミリオン」

「ああ」

長い髪をなびかせながらヴァーミリオンは頷いた。そして、イサミナに再び囁きかけてくる。

「僧兵とやらにむざむざ殺されるのは嫌だが、退屈は嫌いだ。この村での暮らしに飽きて、僧兵と戦うほうが面白そうだと思ったら村人を殺すぞ？　せいぜい、俺を楽しませてみろ」

「ひえ……っ」

悪魔らしい冷たい声色に、戦慄が体を駆け巡る。

御しやすいと安心したものの、やはり彼は悪魔であり、人を人とも思わない存在だ。彼の気分で、この村なんて簡単に滅ぼされてしまうだろう。

彼はイサミナの口車に乗せられたのではなく、あえて譲歩したのだ。イサミナの言う通り、「暇潰し」のためだけに。

しかし、悪魔を召喚してしまった以上、この村にとっての最善はこれしかない。悪魔を天使だと誤魔化し通すしかないのだ。もう後戻りできない。

（ええい、なるようになれ！）

イサミナはぐっと拳を握りしめる。

——そして、この日から村を挙げての壮絶な計画が始まった。

◆　◆　◆　◆

ヴァーミリオンは、ひとまずイサミナの家で一緒に暮らすことになった。両親が死んでからというもの、ずっとひとり暮らしだったので、彼が増えたところで特に狭いとも感じない。

「随分と古びた家だな。魔界にある俺の住処のほうが綺麗だぞ」

家の中を見回しながら、呆れた口調でヴァーミリオンが言う。

「この村は貧しいんだもの、しょうがないわ。でも、国に申請すれば聖女補助金がもらえるの。そのお金は天使様に立派な家を用意するお金でもあるから、うまく誤魔化せればいい家に住めるわよ」

「その金をもらえるまで一体どのくらいかかるんだ？　こうしたほうが早い」

彼はさっと腕を振る。次の瞬間、古びていた家具が豪華なものに変わり、床にはふかふかの絨毯（じゅうたん）が敷かれていた。

悪魔の魔力を目にして、イサミナは驚く。

「す、すごい！　魔力を使えばなんでも作れるの？」

「無から有は作れない。これは魔界にある俺のものを喚び寄せて交換しただけだ」

そう言いながらヴァーミリオンは毛足の長い絨毯に腰を下ろす。彼が胡座をかいた瞬間、イサミナは目を瞠った。

——なにか、見てはいけないものが視界に入った気がする。

（あれは、まさか……！）

イサミナは気になって、ちらちらと何度も彼のほうを見てしまった。挙動不審になった彼女にヴァーミリオンが声をかける。

「おい、どうした？」

「……あなた、下着は穿いてる？」

「悪魔はそんなもの穿かない」

（やっぱりあれはご神木ー！　……って、悪魔にご神木って表現は変だけど！）

彼の答えを聞いてイサミナは赤面する。

彼は毛皮の腰布を巻いただけの格好だ。その腰布の長さは膝上まで。そんな状態で胡座をかけば——そう、見てはいけないものが見えてしまうのも無理はない。

「お願いだから下着を穿（は）いて！　……というか、着替えましょう！　そもそも、毛皮の腰布姿だなんて天使に見えないわ。まずは見た目から変えないと！」

　イサミナは隣村の天使の姿を思い出す。彼はいかにも天使らしい白のローブを着ていた。

「白……そう、白い服がいいわ。白ってなんだか天使っぽいもの。家具みたいに服も出せる？」

「残念だな。服は無理だ」

「どういう基準なの……？　まあいいわ、父さんの服があったはず」

　父の死後も捨てきれず、形見として大切に取っておいた服を出すことにする。父は若い頃に大きな街で司教をしていたとかで、そのときに着ていた詰め襟（カソック）の服があるのだ。

　ヴァーミリオンは背が高いが、イサミナの父も長身だったので、おそらくサイズは大丈夫だろう。

「これに着替えて！」

「仕方ないな……。だが、下着はせめて新品を用意しろ」

「そうよね、他人の下着なんか嫌よね。わかったわ」

　彼は服を受け取ると、イサミナの目の前で堂々と腰布を取ろうとする。イサミナは慌て背を向けた。

衣擦れの音が聞こえて、先ほどちらりと見えたものが脳裏に浮かび、なんだか恥ずかしくなる。ふと、ある考えにいきついて「あっ」と声を上げた。

「そういえば、翼のところに穴を開けないといけないのかしら？」

彼の背中には、立派な黒い翼が生えている。普通の服など着られるはずがない。

隣村の天使の服はどうなっていただろうと考えていると、意外な返事をもらった。

「大丈夫だ。天使も悪魔も、翼は体の一部ではなく、魔力が可視化したものにすぎない。実体がないから服を突き抜けるし、そもそも触れないものだ」

「えっ、そうなの？」

てっきり翼は体の一部なのかと思っていたため、イサミナは驚く。

「着替え終わったぞ」

声をかけられて振り向くと、父の服はヴァーミリオンによく似合っていた。大きさもちょうどである。

白い服なので、腰布姿のときよりも天使らしく見えた。これで翼の色さえ白ければ立派な天使そのものなのに……と思ってしまう。

「この翼って、魔力で白く変えたりできる？」

期待をこめて訊ねたところ、彼は首を横に振った。

「それは絶対に無理だ。翼は悪魔の魔力が可視化したものだから、色は変えられない。見えないようにすることはできるけどな」

そう言った彼の背中から、翼が一瞬で消える。

「隠せても、色は誤魔化せないってことね……」

ヴァーミリオンが再び翼を出し、イサミナはそこへ手を伸ばしてみた。その指先は翼を突き抜ける。目の前にあるのに触ることができなくて、不思議な感覚に陥った。

「天使のふりをするという口車には乗ってやる。だが、作戦を考えるのはお前だ。せいぜい頭を使えよ」

彼はイサミナの額をこつんと指でつつく。

「……頑張るわ」

決心した眼差しでイサミナは頷いた。

翌日、広場に村人が集まる。作戦会議というわけだ。

村人たちは白い服に着替えたヴァーミリオンを見て、驚いた表情をしていた。

「司教服か！　昨日と印象が全然違うぞ」

「天使が司教の服装というのもおかしいが、昨日の腰布姿よりは天使らしく見えるな」

「あとは、翼さえ白ければ完璧なのに……」

村ぐるみで彼を天使と言い張ろうとしているものの、やはり悪魔という存在が怖いのだろう、村人たちは遠巻きにヴァーミリオンのことを見ている。

「ねえ、聞いて。私、昨日よく考えてみたんだけど……」

イサミナが口を開いた途端、無駄話はぴたりと止まり、皆が彼女に注目した。

「悪魔に見える天使だと言っても、簡単に信じてもらえないでしょう？　だから、国に申請する前に、天使としての実績を積もうと思って」

「天使としての実績？」

「つまり、彼――ヴァーミリオンに人助けをしてもらいます！　翼を白くはできないけど、消すことはできるんだって。ねえ、やってみて」

イサミナが言うと、彼は素直に翼を消してくれる。「おお！」という声が村人から上がった。

「まずは翼を消して人を助けるの。それから黒い翼を見せて、わざと悪魔の姿をしている天使だと言うのよ。まさか悪魔が人助けをするなんて思わないでしょうし、変わった天使がいるって、すぐに噂になるわ」

村人たちは「なるほど」と呟くが、ヴァーミリオンが難色を示す。

「人助けなんて、俺が素直に協力すると思うか？」

肝心の悪魔が渋っている様子に、村人たちの間に不安が広がる。そんな中、イサミナはわざと明るい声で言った。

「大丈夫、あなたは絶対に人助けしたくなるわ」

「ほう？　それは一体、どういうからくりだ？　……楽しみにするとしよう」

興味深そうにヴァーミリオンが頷く。

「あと、誰か演技がうまい人いる？　手伝ってほしいの」

イサミナの問いかけに、男の村人が手を上げた。彼に協力をお願いすることにする。

「じゃあ、人助けに行きましょう！　村長、どこか困っている人がいそうな場所に心当たりはある？」

「困っている人がいそうな場所、か……」

唐突に話を振られてゼプは考えこむ。

「ここから南西に大きな街がある。無法者が支配する街で賭博が有名だ。そこになら、困っている人がいそうだ」

「いいわね！　そこまで、どのくらいかかるの？」

「歩いて三日はかかる」

「三日となると、往復一週間は見ておいたほうがいいかしら。準備が大変ね」

水と食料、野営に備えて寝袋代わりの布も用意しなければ……と頭に描いたところで、ヴァーミリオンが口を挟んできた。

「面倒だ、俺が連れていってやる。行くのはイサミナと、そいつか」

彼は右手でイサミナの腰を抱き、左手で演技がうまいという男の服を掴んだ。黒い翼が広がり、次の瞬間、体が宙に浮く。

「……っ、すごい！」

しっかりと腰を抱かれているイサミナは安定感があったが、服を掴まれているだけの男はぶらぶらと体が揺れている。

「安心しろ、落とすようなへまはしない」

ヴァーミリオンはどんどん上昇していく。今まで見たことのない景色にイサミナは目を輝かせた。

「すごい、高い！　遠くまで見えるわ！」

「ひっ……高い、怖い……」

「怖いなら目を閉じていろ。すぐにつく」

意外と面倒見がいいのか、ヴァーミリオンが怯える村人に声をかける。

彼の翼が羽ばたき、南西の方角に進んでいった。風を切って進んでいく感覚にイサミナは目を細める。空気がひんやりとしていて気持ちいい。

実体がないはずの黒い翼は悠然と動いていた。村の近くでよくワシとタカが飛んでいるのを見かけるが、ヴァーミリオンの翼の動きはまるで鳥のようである。

そして、あっという間に目的の街についた。彼は姿を消す術を使っていたらしく、誰にも見られることなく地上に降りる。

そこでイサミナは村の男へ簡単に作戦を耳打ちし、彼と別れた。

「じゃあ、ヴァーミリオン。翼を隠して私についてきて」

「ああ、わかった。だが、お願いされたくらいじゃ人助けなんてしないぞ」

「それは大丈夫よ」

にこりとイサミナが微笑む。

街の中を歩き始めると、賭博で潤っているのかとても賑やかな雰囲気だった。街並みも綺麗で、イサミナの村とは雲泥の差だ。昼間からやっている立ち飲み酒場も多く、酔っ払いが沢山いる。

注意深く周囲を見回していたところ、気の弱そうな男が走ってくるのが見えた。

「待て、このヤロウ！」

「金を返せ！」

逃げる男を恰幅のいい男たちが追いかけている。金を返せと言うからには、借金取りに違いない。

見ていると、男はあっという間に捕まった。

「借りた金を返さないとは、どういうことだ⁉」

「だ、だって、あんな利子、返せるはずがないだろう……」

「その条件で契約したのはお前だろう？　ああっ？」

借金取りが男を怒鳴りつける。その様子を眺めていた街の人たちが、ぼそぼそと囁き合う。

「うわ……アイツ、あそこから金を借りたのか。悪徳高利貸しだって有名なのになあ……」

「奴隷として売り払われるぞ。ご愁傷様だな」

誰も彼も男に同情はすれど、助けるつもりはないようだ。この状況に、イサミナはこれだと思う。

「ヴァーミリオン。あの人を助けましょう」

「この俺が、かわいそうだからと助けると思うか？」

くだらないと言わんばかりに彼が眉をひそめる。しかし、イサミナは笑った。

「なにを言ってるの。どんな理由であれ、借りたお金を返さないほうが悪いのよ。ここであなたがあの人を助けたら、お金を貸した人は損をするわよね？　あなたがするのは善良なる人助けじゃなく、借金を踏み倒すという悪行の手助けよ。それって、悪魔の好きなことでしょう？」

「……なるほど、助けるほうが悪だと言い張るのか」

「そうよ。悪魔らしく振る舞ったのに天使に見えるなんて、面白いわ」

イサミナの言葉に、ヴァーミリオンは鼻で笑う。

「最初だから、この程度でオマケしてやる」

彼はそう言うと、借金取りたちに近づいていった。イサミナはほっと胸を撫で下ろす。

(これから人助けのたびに理由を求められるでしょうけど、その難易度はどんどん高くなっていくはずだわ。だから、最初から全力で説得するわけにはいかない。まずはこのくらいで及第点といったところね。次はもっと別の切り口から攻めないと)

悪魔をそそのかす方法を脳裏に描きながら、動向を見守る。ヴァーミリオンは男たちの前に立ち、借金取りの肩を掴んだ。

「おい、そこまでにしてやれ」

「ああ？」

「なんだお前、部外者はすっこんでろ」

借金取りがヴァーミリオンを睨みつける。次の瞬間、彼らの大きな体は遠くまで飛んでいった。壁にぶつかり、「ぐふっ」と鈍い呻き声が聞こえる。

その光景を見ていた誰もが言葉を失った。なぜなら、それは普通の人間ができるような芸当ではなかったからだ。

「なんだ？　なにが起きたんだ？」

ざわざわと騒ぎになり人が集まってくる。イサミナは地面に尻餅をついたままの気弱そうな男に歩み寄り、右手を差し伸べた。

——そう、聖女の痣があるほうの手を。

（さあ、私を見るのよ！）

思惑通り周囲がさらにざわつく。

「聖女？」

「ということは、あの男は天使か？」

気弱そうな男が、イサミナの手を取って立ち上がった。

「あ、ありがとうございます！　……もしかして、聖女様ですか？」

「ええ、そうよ」

イサミナはにこりと微笑みながら手の痣を見せつける。天使は偽物だが、この痣は本物の聖女の証だ。

「では、そちらのかたが天使様？　でも、翼がないようですが……」

「ヴァーミリオン、翼を出して」

声をかけるとヴァーミリオンは消していた翼を出した。……漆黒の翼を。

「うわっ！」

「黒い翼だと!?」

「悪魔っ!?」

そこに集まっていた人たちが混乱に陥る。

「いいえ、違うわ。彼は天使よ。わざと悪魔の姿をとることで、自らを逆境に置いて修行をしているの」

イサミナは堂々と言った。だが、まだ周囲はざわついている。助けられた張本人である男も、ヴァーミリオンの黒い翼を見て怯えていた。

そんな中、人混みをかき分けてひとりの男が現れる。彼こそ、村から一緒に来た演技のうまい男だ。

「天使様！　先ほどは助けて頂きありがとうございました！　天使様のおかげで、母親の病気がよくなりました」

　大声でそう言うと、彼は両膝を地面についてヴァーミリオンに頭を下げる。

「ありがとうございます！　本当にありがとうございます！　なんとお礼を言っていいのか……」

　その声は震えていて、彼が泣いているのがわかった。ここまでしてくれるとは思わず、イサミナはびっくりする。

（す、すごいわ！　まさか、演技で泣けるなんて……！）

　聖女の驚いた顔は、男の言葉へ余計に真実味を持たせた。

「畏（かしこ）まらなくていいわ。私たちにとって、困っている人を助けるのは当たり前のことだもの」

　イサミナが優しく声をかける。すると、周囲に集まっていた人たちが呟き出した。

「まさか、本当に天使なのか……？」

「でも、あの痣（あざ）は間違いなく聖女の証（あかし）だ」

「悪魔が人助けをするはずがないし、天使なんじゃないか」

「わざと悪魔の格好をするなんて、そんな変わった天使がいるのか……？」

　疑惑に満ちた空気から一転、天使だと信じ始めている。借金取りから助けられた男は、村の男と同じように、地面に膝をついて頭を下げた。

「あっ、ありがとうございます、天使様！　疑ってしまってすみません！　助けてくれたのだから、悪魔のはずがないですよね！　天使様のおかげで助かりました！」

　ヴァーミリオンを天使だと信じきった声に、周囲の者たちも疑いを捨てた様子だ。

「天使……」

「変わった天使がいるんだな……」

　そこに、村から連れてきた男が声を上げた。

「天使様！　母が、どうしても天使様にお礼を言いたいと……！　お願いです、どうか一目だけでも母に会って頂けないでしょうか？」

「わかりました。行きましょう、ヴァーミリオン」

　ヴァーミリオンはイサミナと男の肩を抱く。そして、先ほど同様に空高く舞い上がった。

「天使様ー！」

「天使様、万歳！」

　地上からは天使を讃（たた）える声が聞こえる。村に戻る道でヴァーミリオンは言った。

「人間を騙（だま）すのは結構面白いじゃないか」

彼は金を貸した側の人間へ一方的に暴力を振るい、借金を踏み倒させたのだ。――これぞまさに、悪魔の所業である。

「でも、あの人をあそこに置いてきて大丈夫だったのか？」

見事な泣き真似を披露した村人が心配そうに訊ねてくる。

「天使が自ら手を出したのよ？　借金取りは諦めるはずよ。いくらなんでも天使の意向に刃向かうような真似はしないと思うわ……多分」

最後に「多分」と付け加えてしまうくらいには確証が持てないけれど、おそらくは大丈夫だろう。

こうして、初めての「悪魔の姿をしているけど本当は天使なんです」作戦は、無事に成功を収めた。

◆　◆　◆　◆

村に帰り一部始終を話すと、わっという歓声が上がった。

「よくやった、イサミナ！」

「この調子でいけば、悪魔の姿をした天使の噂が広まりそうね！」

「お疲れ様！　お腹空いてる？」

イサミナたちを労うためか、すでにごちそうが用意されていた。昨日、シーツを染めるのに使った鶏肉の料理もある。

「そ、そういえば、悪魔……いや、ヴァーミリオン様は、人間の食事を食べるのですか……？」

料理を担当した女性が恐る恐る声をかけてきた。ヴァーミリオンに直接聞くのが怖いのだろう、その視線はイサミナに向けられている。

「それは――」

昨日も今朝も、ヴァーミリオンは食事をいらないと言っていた。イサミナが代わりに答えようとするが、それより早く彼が口を開く。

「悪魔と人間は体の構造が違う。俺は食べなくても死なないが、食べることは好きだ。あの肉、旨そうだな。俺にも寄越せ。もたもたしてると殺すぞ」

「ひえっ」

殺すぞと脅された村人が慌てて肉を用意する。一方、イサミナは驚きながらヴァーミリオンを見た。

（今、食べるのが好きって言ったわよね。もしかして、今まではわざと食べなかったの……？）

それから、遠慮されたのだと気付く。

聖女として選ばれたものの、すぐにお金がもらえるわけではない。加えて女のひとり暮らしだ。

だから、イサミナの家にある食材は少なく、粗末なものだった。経済的な余裕がないことは一目でわかっただろう。

「食べることは好きだ」と言った彼は、イサミナの状況を考慮して食べないことを選択したのだ。

（実は優しいのかも……）

悪魔は人を惑わし、不幸をもたらす存在だと教えられていた。

しかし、今目の前にいる悪魔はそうは見えない。些細なきっかけで彼の気遣いを察知したイサミナは、ヴァーミリオンに対する印象が変わってしまった。

悪魔なんて見たことがないため、聖書や噂話の中での悪魔しか知らないけれど、実はそこまで酷い存在ではないのかもしれない。

もっとも、昨日ヴァーミリオンは飽きたら村人を殺すと言っていたし、今だって村人に対して殺すと脅していた。悪魔らしい残酷さは当然持っているだろうから、気を許してはいけない。

（それでも――）

ちらりと横目で見ると、ヴァーミリオンは用意された肉をおいしそうに食べていた。

その所作は、どこか品がある。彼の見目の美しさもあり、村娘が見惚れている様子がわかった。

「あ、あの、ヴァーミリオン様。お酒は飲みますか？」

「強いやつを寄越せ」

人間と同じように食べる彼を見て他の村人が声をかける。ヴァーミリオンは彼らを威圧しながらも、普通に受け答えしていた。時折「殺す」など物騒な言葉を吐くけれど、実際に暴力的な行動は取らない。

「悪魔だけど、そこまで怖くないのかも……！」

遠巻きにしつつも、そんなことを話している村人もいる。イサミナも同じ気持ちで彼を見つめていた。

宴のような食事のあと、イサミナは共同の浴場で体を清めてから自分の家へ帰った。

外観はぼろぼろだが、扉を開くと室内は綺麗で、その差に慣れるには時間がかかりそうである。

ヴァーミリオンは魔力で出した立派なソファでくつろいでいた。

彼の黒い髪がしっとりと濡れているから、湯浴みを済ませてきたのだろう。村の共同浴場で入ったのか、それとも村から少し離れたところにある、人気のない温泉まで行ってきたのか。気になるけれど、わざわざ聞く話ではない。

「これ、できたわ。ちゃんと穿いてね」

イサミナはヴァーミリオンに白い布の束を手渡した。それは裁縫が得意な村娘にお願いして作ってもらった男性用の下着である。縫い終わったとのことで、先ほど渡されたのだ。

「めんどくさいな……。まあ、仕方ない」

文句を言いながらもヴァーミリオンは下着を受け取ってくれた。彼が下着をつけていないのが密かに気になっていたので、イサミナはほっとする。

そんな彼の横顔に疲労の色が見えた。

「疲れてる?」

「ああ。今日はそこそこ魔力を使ったからな。魔界ならともかく、地上で魔力を使うのは骨が折れる」

彼は今日、空を飛んだり借金取りを凄まじい力で突き飛ばしたりした。軽々とやってみせたが、実はかなりの労力を伴うのかもしれない。

「お疲れ様。そして、ありがとう。じゃあ、今日は早く寝て体を休めないと……」

素直に感謝の意を伝えると、彼が真剣な顔をしてイサミナを見つめてきた。

「お前に話しておくことがある」

「な、なに……？」

ただならぬ様子に緊張したイサミナはごくりと喉を鳴らす。

「先ほど、俺は食べなくても死なないと言った。お前も聞いていたよな？」

「ええ」

「召喚された悪魔は、人間とは違った食事をしなければ力尽きて死ぬ。俺は今日魔力を使ったが、それは人間の食べものを摂ったり、寝るだけでは回復しない」

「ええっ？」

イサミナは目を丸くした。

「なにが必要なの？　それって高いもの？　私にも用意できそう？」

不安になって訊ねる。

彼を天使だと誤魔化す計画はもう始まっていた。今更彼に死なれてしまっては困る。

「心配するな。今のお前が用意できるものだ」

その回答にイサミナはほっと胸を撫で下ろす。

「そうなの……。じゃあ、それってなに？　私はなにを用意すればいいの？」

「生気だ」

「セイキ？　……って、えっ⁉　まさか性器？」

イサミナは咄嗟（とっさ）に自分の股間を押さえる。実に間抜けな格好になった彼女に、ヴァーミリオンが呆れながら言った。

「その性器ではなく……って、まったく無関係ではないが。とりあえず俺の隣に座れ」

「え？　う、うん」

動揺しつつも、イサミナは言われた通り彼の横に腰を下ろす。

「悪魔が地上で生活するには、召喚者から生気をもらわなければならない。今から俺がすることに逆らうな。——これが悪魔にとって、本当の食事だ」

「ええ、わかっ……っ、んんっ⁉」

頷いた途端、一気に距離を詰められて唇を重ねられた。イサミナは驚きのあまり硬直する。

薄い桃色の唇が覆われ、彼の肉厚な舌先でぺろりと舐められた。その感触に、ぞくりとしたものが背筋を走り抜けていく。

思わず顔を離そうとすると、頭をぐっと押さえつけられた。

「逃げるな」

低い声でそう言われて、容赦なく舌を口腔の奥までねじこまれる。

「んむっ、んんっ！」

ヴァーミリオンの舌は長く、あっという間に口内を全て探られてしまう。上顎を舐められた瞬間に軽い痺れが走り、ぴくりと肩を震わせると、彼はそこばかりを集中的に攻めてきた。

「はぁ……っ、ん、ぅ……っ」

彼がのしかかってきて、イサミナはソファに押し倒される。

長い舌が執拗に絡みついてくる。舌を擦り合わされると、なんとも言えない感覚が体の奥底からこみ上げてきた。

互いの唾液が混じり合い、くちゅくちゅという水音が耳に届く。頭がおかしくなりそうだ。

「ふぅん、は……んむっ」

イサミナは今まで男性と付き合ったことがない。よって、キスだって未経験だ。

口づけは唇を重ねる行為だという知識はあったものの、舌を絡め合うとは知らなかった。キスがこれほどまでに激しい行為だったなんて、と愕然とする。

息苦しくなったイサミナは無意識に舌を動かした。震える舌先が彼の舌を擦ると、それに応じるように激しく動かされる。

「んっ！　んんっ！」

角度を変えながら、口づけは深く荒々しいものになっていった。

うまく呼吸ができなくなったところで、ようやく彼の唇が離れていく。唇から紡がれた糸が、ぷつりと切れた。

「はぁ、はぁ……」

涙目になりつつ、イサミナは新鮮な空気を吸いこむ。

「い、今のって……」

「食事だと言っただろう。こうしてお前の生気をもらっている。なかなか旨かったぞ。ちなみに、お前が気持ちよくなればなるほど味がよくなる」

「そうなのね……」

肩で息をする彼女は濡れた口元を拭った。

「お腹、いっぱいになった？」

「これだけじゃ足りない。もっと、先のこともする」

「え……」

先のことと言われて、ぴんときた。キスの先にあるものなんて、男女の契り（ちぎ）しか考えられない。

「こうして触れ合うほど、俺の中に力が流れこんでくる。今日は力を使って疲れていたが、元気になってきた」

そう言って笑った彼は確かに元気そうだ。実体がないという翼も、心なしかつやつやして見える。しかし、イサミナの表情には影が落ちた。

「どうした？　怖いか？」

ヴァーミリオンが訊ねてくる。イサミナは思ったことを正直に話した。

「生気……っていうことは、もしかして、私の寿命が短くなったりするの？」

「一介の悪魔が寿命なんか奪えるか。それは神の領域だ。悪魔はただ、召喚者との密接な接触による快楽を栄養源に変換して、摂取しているにすぎない」

その回答を聞いたイサミナはほっと胸を撫で下ろす。

「なんだ。それならよかった……」

「……いいのか？」

ヴァーミリオンは驚いたように問いかけてきた。

「よくはないのかもしれないけど、でも……悪魔を召喚したんだもの、なにかしらの代償は仕方ないわ。死なずに済むなら、それで十分。どんとこい！」

イサミナは胸を叩いて、きっぱりと答える。

「ひとつ聞いていいか？　お前、処女か？」

「う……、そ、そうよ」

実はキスも初めてだったとは言えず、顔を赤くしながら頷く。

「……ッ、そうか……」

はあっと、ヴァーミリオンは大きくため息を吐いた。

「まあいい、今日は最後までしない。最後まで交わらないと、お前からもらえる生気の量は少なくなってしまうが、快楽を得ていない人間の生気はまずくなるという噂だからな。俺は美食家だ。時間をかけてお前の体を下ごしらえする」

そう言って、彼はイサミナの口の中に指を差しこむ。何度も舌先でつつかれた上顎の部分を指でなぞられると、「んうっ」と鼻から抜けるような声がこぼれた。

「ほら、ここはもう感じるだろう？　こんな風に、どこもかしこも快楽を覚えさせてからお前を頂くことにする」

彼はソファから立ち上がり、濃厚なキスでぐったりしてしまったイサミナの体を抱き上げる。そのまま彼女の部屋に向かい足で乱暴にドアを開けた。

「えっ……」

部屋の中を見てイサミナは言葉を失う。

ヴァーミリオンは昨日魔力で内装を変えたが、それはイサミナの部屋までは及ばなかった。

しかし、今は部屋の様子が違っている。中央には天蓋(てんがい)までついた大きなベッドが置かれていた。これ一台の値段で家一軒は建ちそうな、絢爛豪華(けんらんごうか)なベッドである。ベッドだけではなく、床にはこれまた豪奢(ごうしゃ)な絨毯(じゅうたん)が敷いてあり、雰囲気のいいランプもあった。

「どうだ？　気に入ったか？」

「……へ？　こ、これ……、え……？」

内装はもとより、立派すぎる寝台にイサミナは目を丸くする。

「今日から俺もここで一緒に寝る。お前に毎晩生気をもらう必要があるからな」

「ま、毎晩……っ！」

突然そんなことを言われても頭がついていかない。彼に抱き上げられたまま呆然としていると、あっという間にベッドまで運ばれた。

布団の上に横たえられてすぐ、ふんわりと優しい感触が背中を支えてくれる。

「なにこれ、すごいふかふか……！」

いくら天気のいい日に布団を干したところで、素材が粗末なものでは、ここまでふかふかにはならない。背中に感じる弾力に感動していると、ヴァーミリオンが覆い被さってきた。

「気に入ったらしいな。では、続きをするぞ」

「……っ」

続きということは、あれ以上の行為をするのだろう。彼の唇が近づいてきて、イサミナは思わず顔を背けてしまう。すると、ヴァーミリオンが呆れたように目を細めた。

「おい。お前、さっきは『どんとこい』って言っていなかったか？」

「言ったわよ！　覚悟もしてるわ。……でも、それとこれとは話が別というか……」

頭では「彼に生気を与えなければならない」とわかっているのに、やっぱり怖くて、体が勝手に拒絶するのだ。強がってみせるものの、鼓動はどくどくと速まり、肩が微かに震えていた。

そのイサミナの様子を見て、ヴァーミリオンが愉快そうに笑う。

「くっ、くく……」

「わ、笑わないでよ！」

「これが笑わずにいられるか」

ヴァーミリオンの唇が再び迫ってくる。逃げるみたいに顔を逸らすと、彼の手がイサミナの両頬を押さえつけた。

「――っ！」

顔を動かすことができず、無理矢理唇を奪われ、噛みつくような強引なキスが与えられる。

「……っふ、んぅ」

キスが深くなるに従い、彼の体が密着してきた。舌の根まで吸われ、呼吸ごと呑みこまれそうな錯覚に陥る。イサミナの小ぶりな胸が厚く逞しい胸板に押し潰されたが、痛くはなかった。

「あっ……ん」

胸の先端が布越しに彼の体に擦れ、ちりっとした快感が生まれる。

いつの間にか、ヴァーミリオンは翼を消していた。悪魔の象徴である黒い翼がないと、普通の男性に見える。

「はぁ……っ、あ――」

顔を押さえていた彼の手がイサミナの服を脱がし始めた。湯浴みを済ませていたから、着ているのは随分と簡素な就寝着だ。腰紐をしゅるりと外され、下着も取り払われ、あっという間に裸にされる。

恥ずかしくて隠したいけれど、口づけに翻弄されているせいで、うまく手足が動かなかった。露わになった白い裸体に、ヴァーミリオンの手が伸ばされる。

「っん！」

小ぶりなイサミナの胸は、彼の手にすっぽりと収まった。ヴァーミリオンの手は大きく、強く触れられたら痛そうだと少しだけ怖くなる。

その恐怖をよそに、彼の手がゆっくりと動き始めた。彼は意外にも壊れものを扱うような優しさで胸に触れてくる。痛いどころか、くすぐったい。

「はぁ、っ、は……ぁ」

なんだか体がむずむずして、イサミナは無意識に腰をくねらせた。彼は胸のささやかな膨らみを弄んでいたが、赤い先端が硬さを持ち始めると、そこに指を滑らせる。

「あんっ！」

敏感な部分を指先ではじかれて、イサミナは甲高い声を上げた。

「ちっ。……痛いか？」

彼の指先が乳嘴から離れる。驚いて彼を見ると、舌打ちしつつも心配そうな表情を浮かべていた。

「だ、大丈夫……痛くないわ」

「そうか」

ヴァーミリオンは再び胸の頂に触れてきた。痛くはない絶妙な力加減で、くりくりと尖りをこねくり回される。

「はぁ……う、ん……っ、う」

まるで、胸の先端に神経が集中しているようだった。指で触れられるたびにびくびくと腰が浮いて胸が反り、自ら胸を差し出す体勢になってしまう。

最初は片方の胸だけしか触られていなかったのに、いつしか両胸とも先端をつまれていた。乳首が勃って今まで見たことがない大きさになっている。硬さをもったそれは、ヴァーミリオンの指先でくにくにと形を変えながら快楽を生み出していた。

「んっ、あ――」

胸の先がじんじんと疼く。痛くはないけれど未知の感覚だ。

すると、彼の顔が胸に近づいてきた。まさかと思った次の瞬間、ぱくりと乳嘴を咥えられる。

「あうっ！」

ねっとりと濡れた唇は、指とは違う感触を伝えてきた。ざらついた舌が肌の上を滑るたび、ぞくぞくとしたものが体の奥底からこみ上げてくる。

左胸の先端も彼の口に捉えられ、舌先でころころと転がされた。

「ふわぁ……っ、んうぅ」

イサミナは思わず間抜けな声を出してしまう。あんなにも激しく口内を貪（むさぼ）った舌先は、胸を優しく愛撫（あいぶ）してきた。焦（じ）らすような動きである。

体がむずむずして何気なく内股を擦（す）り合わせると、ぬるりとした感触がしてイサミナは目を瞠（みは）った。

（え――？　これ、なに？）

濡れた内股に戸惑っていると、彼の手がそこに伸びてくる。伝っている液体を指先ですくい取りながらヴァーミリオンは微笑んだ。

「よく濡れているじゃないか。感じやすい、いい体だ」

「これって、なに……？」

「処女だからわからないのか？　女は気持ちよくなると、ここが濡れる。……ほら、聞こえるか」

彼は秘裂にそって指を動かす。すると、ぐちゃぐちゃと粘ついた水音が耳に届く。

「んうっ、あっ、ああっ」

「ほら、どんどん溢れてくるぞ」

彼は楽しげに指を動かした。そのたびにお腹の奥がきゅんと疼いて熱くなり、蜜が滲んでくる。

「これだけ濡れていれば、指一本なら簡単に入りそうだな」

ぐっと、秘裂をなぞる指先に力がこめられたのがわかった。次の瞬間、彼の指がイサミナの中にぬぷりと侵入してくる。

「ふぅ……ん、あ――！」

「くそ……濡れてるくせに狭いな」

ヴァーミリオンは指先をくいっと曲げ、指の腹で媚肉を擦り上げた。痛くはないけれど、異物感にイサミナは眉根を寄せる。

「はっ、んぅうう……っ、あ……」

「痛かったら言えよ？」

体の中で指を動かされる感触は不思議なものだった。自分でも触れたことのない部分が彼に暴かれて、拡げられていく。

そして彼の指先がある一点に触れたとき、イサミナの腰がびくりと跳ねた。

「あんっ！」

「ん？　ここか？」

ヴァーミリオンはイサミナが反応した場所に強く指を擦りつけてくる。彼の指に刺激されるたびに快楽が弾け、きゅっと体がこわばり、指をしめつけてしまった。

「ん、うっ……！」

「おい、力を抜け」

彼の指先がイサミナの感じる部分をさらに暴いていく。

蜜口が彼の指をしめつけるのとは裏腹に、足は左右に開いていった。体が思うように動かせなくて、大事な部分を自らさらけ出す恥ずかしい体勢になってしまう。

ぐちゅぐちゅという水音はさらに大きくなっていき、内側を探る指の動きが速まった。

「痛くないか？」

その問いかけに、こくこくと頷く。

「初めてなのに、中だけでイけそうだな。外はあとのお楽しみに取っておくか」

ヴァーミリオンはぽつりと呟くと、集中的に弱い部分を攻め立ててくる。快楽の波に呑まれ、イサミナはなにも考えられなくなっていった。

「あっ、……やぁっ！　あ……おかしい、そこ、だめ……っ！　なんか……っ、なんか、きちゃう……」

　未知の感覚に恐ろしくなり、涙目でヴァーミリオンを見つめる。

「ま、待って……！　お願い、ちょっとだけ待って……っ、あぁん」

「断る」

　彼はにやりと笑いながら指の動きを強めた。散々擦（こす）られた部分をぐりぐりと押され、さらなる刺激がイサミナを呑みこんでいく。迫り上がってくる官能に頭の中が真っ白になった。

「あうっ、ん、そこっ、そこばっかり、いや……っ、んっう、あ――！」

　イサミナは背筋を大きく仰（の）け反（ぞ）らせる。その直後、脱力して手足がシーツの海に沈んだ。ふわふわした感触と押し寄せてきた疲労感に、なにも考えられなくなる。

「今のがイくってことだ。気持ちいいだろう？」

　ヴァーミリオンは指を引き抜く。イサミナの蜜でふやけた指に舌を這（は）わせて、おいしそうに舐め取っていた。

　イサミナの蜜口は、絶頂の余韻（よいん）でもの欲しそうにひくついている。

「もう少し、いけそうだな」

「え……？」

だらしなく左右に開いたままの足の付け根に、彼が顔を寄せた。打ち震える秘裂をざらついた舌で舐められる。

「ああっ！」

先ほどとはまた違った愉悦（ゆえつ）がイサミナの体を走り抜けていった。

「やっ、待って！　そんなとこ、舐めちゃ……っあぁん！」

ヴァーミリオンは舌先を尖らせて、濡れそぼった花弁を舐めていく。その舌先が蜜口をなぞるたびに体が痺（しび）れた。

「はうっ、ん……」

つんつんと舌先で入り口をつつかれる。先ほど絶頂を迎えたばかりのそこは、まるで彼を受け入れるかのように微かに開いた。

「くく……ここがもの欲しそうにしているぞ」

そう言った彼の舌がイサミナの中に侵入してくる。

「ひ……っ、ん、あ……！」

彼の舌は指よりも短いが太い。指とは違う形に中が拡げられてしまう。ぬるついた舌が内側を舐める感触に、イサミナの腰ががくがくと震えた。

「ハァ……っ、お前の生気は旨いぞ、イサミナ……」

彼の熱い吐息が敏感な部分をくすぐる。はあはあという荒い息づかいは獣を思わせ、彼も興奮しているのだとわかった。

「あぁっ、ん……」

彼の舌は、先ほど指で探られた気持ちいい部分には届かない。それなのに、ざらついた舌が媚肉（びにく）を擦（こす）ると快楽がこみ上げてくる。舌先が触れてくる場所の全てを気持ちよく感じた。

太股（ふともも）を撫でていた彼の手が、蜜口の上にあるぷっくりと膨らんだ花芯に触れる。

「ひあっ！」

ぎゅっと蜜口が彼の舌をしめつけた。すると、ヴァーミリオンの指先が秘芽をくにくにと押し潰してくる。硬くしこりをもったそこは、他の場所の何倍も感覚が強いように思えた。

「んっ、あっ、あぁあっ！」

舌を埋（うず）められて、花芯を指先で嬲（なぶ）られて――中からも外からも与えられる刺激が、イサミナを再び高みに押し上げていく。

「甘い……。……もっと、もっとくれ……」

「やっ、ま、待って……！　ああっ！　ま、また、私……っ」

必死に首を振るけれど、彼は動きを止めてくれない。肉厚な舌が蜜口を容赦なく蹂躪し、イサミナの中はぐずぐずに蕩けていく。

それだけでもたまらないのに、親指と人差し指で秘芽をきゅっとつままれる。追い打ちをかけられて、狂おしいほどの快楽が体を駆け巡り、絶頂へと誘われた。

「あっ、あぁあ……っ！」

媚肉がわななき、愛液が奥から奥から溢れ出てくる。

二回目の絶頂にイサミナは気付けば涙を流していた。叫びすぎて喉がからからだ。

「お前の生気は極上だ」

口元を濡らしたままのヴァーミリオンがキスをしてくる。彼はかなり機嫌がよさそうだ。

「かなりほぐれたが、今日は最後まではしない。俺が楽しめるように、最高の状態になってから頂くことにする。時間をかけて調教してやろう」

ヴァーミリオンの指先が蜜口をなぞる。柔らかな刺激にぴくりとイサミナの腰が揺れた。

「これから毎晩、楽しみだな？」

そう問いかけられたけれど、疲れ果てたイサミナは答える気力もなく、気を失うみたいに眠ってしまった。

第二章　その聖女は盗賊から強奪する

翌朝、イサミナが目覚めると見慣れぬ家具が視界に入ってきた。

（そういえば、魔力で部屋を変えられたんだっけ……？）

横になったまま、ぼんやりと部屋を見回す。

昨日は部屋を観察する余裕などなかったけれど、よく見てみると室内は落ち着いた色合いでまとめられていた。どれも高そうな調度品ばかり。上品な雰囲気で悪趣味な感じはしない。

（なんだか、不思議と温かい……って、えええええ？）

頭と体の感覚が冴え、妙に背中が熱いことに気付く。ヴァーミリオンに背後から抱きしめられていると理解するまで、そう時間はかからなかった。

（な、なにこれ……!? なんだか、恋人みたい……）

背中から伝わる彼の熱にイサミナは動揺する。

もっとも、昨晩は一般的な恋人がするだろう行為を彼とした。最後までは至らなかっいる。

たものの、イサミナの全ては彼に見られ、誰にも触られたことのない部分まで暴かれている。

とはいえ、あれは悪魔にとってただの食事であり、恋人同士の交わりとはまったく違うものだ。

しかし、昨日の彼の言葉が鮮やかに脳裏へ浮かぶ。

『ちっ。……痛いか？』

『痛かったら言えよ』

彼は強引だったけれど、処女であるイサミナを気遣ってくれた気がする。悪魔らしく、もっと乱暴に襲うこともできただろう。それなのに、彼が与えてきたのは快楽だけだ。

そして今、まるで恋人のように抱き合って眠っている。

（……っ、なにこれ――）

どきどきと胸が高鳴った。

行為の内容よりも、彼の気遣いや、恋人めいた体勢で寝ていることにときめきを感じている。

（一昨日だって、本当は食べるのが好きだっていうのに、食事を摂ろうとしなかったわ……）

ふと、そんなことを考える。

ヴァーミリオンの外見はとても綺麗だ。彼の姿は女性を惹きつける。それでも、自分は外見よりなにより、彼の内面に惹かれ始めているとイサミナは感じた。

（なんだかんだいって優しかったわよね。だって、体がどこも痛くないもの）

内股を擦り合わせてみるが、散々弄ばれた秘処に違和感はない。彼が配慮してくれたおかげだと思うと、さらに胸が熱くなる。

（この気持ちは、なに……？）

イサミナは今まで、誰かを好きになったことがなかった。小さい村ではあるけれど、年頃の男性は沢山いる。しかし、女ひとりで生きていくのに必死で、恋をする余裕なんてなかったのだ。

こんなにどきどきしてしまうのは、もしかして彼に惹かれているからだろうか？　はたまた、昨日あんな行為をした名残だろうか？

考えてもすぐに答えは出なそうだと、イサミナは起きることにする。自らに巻きついている彼の腕を外そうとしたところで、強く抱きしめられた。

「えっ」

「俺は、朝が弱い。……もう少し、このままで」

寝起きの掠れた声が耳に届く。やけに魅惑的な低音に、イサミナの胸がどきりと跳ね上がった。このまま側にいると心臓が持たないと、彼から逃げようとする。

「あなたは寝てていいわ。私は起きるから……って、んうっ！」

ヴァーミリオンはイサミナを抱きしめたまま、首筋にキスをする。ちゅっ、ちゅっと肌を吸う音が部屋に響いた。

「やぁっ、ん……」

「朝食だ」

彼はイサミナを押し倒し、唇を重ねてくる。

「んむっ！　はぁ、ん……！」

（優しいかもって思ったけど、やっぱり強引だわ……！）

舌の根を強く吸われるほど激しい口づけを朝から与えられ、彼が満足するまでイサミナは解放してもらえなかった。

朝食のあと、イサミナとヴァーミリオンは村の広場へ向かった。そこには村長のゼプがいる。

ヴァーミリオンを天使と周知させるべく、毎朝ゼプと計画を相談する予定なのだが、彼だけではなく村人たちも集まっていた。みんな今後のことが気になっているのだろう。

「それで、今日はどうするつもりだ？」

ヴァーミリオンが口を開く。

「もちろん、困ってる人を助けるわ」

「昨日はお前の言い分に一理あると感じたから乗ってやったが、今日も同じだと思うなよ？　悪魔である俺を納得させるだけの理由がなければ、積極的に動くつもりはない」

そのヴァーミリオンの言葉を聞いて、村人たちの顔に不安の色が浮かぶ。しかしイサミナは自信ありげに笑ってみせた。

「任せて。悪魔心をくすぐって、協力させてみせるから」

彼の力を借りるためには、「そうしたほうが魅力的」と思わせればいいのだ。そのくらい知恵を振り絞ってみせる。

「ねえ、村長。昨日みたいに、この辺りに行ったほうがいいとか、思い当たる場所はある？」

イサミナはゼプに訊ねた。すると、どこからか悲鳴が聞こえてくる。

「た、助けてくれー！」

「えっ？　今、まさに助けを求められてる⁉」

村の外からの声に、イサミナをはじめ、村の皆が声のしたほうへ向かった。ヴァーミリオンも黒い翼を消してついていく。

「あれは……」

「隣村の村長じゃねえか」

村の目の前にある大きな道で、暴れている馬がいた。その背に隣村の村長がしがみついている。おそらく、騎乗中に馬が暴れ出したのだろう。

暴れ馬にまたがっているのが名も知らぬ旅人なら、村人総出で馬を宥めていただろう。だが、困っているのは隣村の村長だ。隣村の村長に対していい印象がないので、誰も積極的に助けようとしない。

「欲をかいてるから神罰がくだったのよ」

誰かが呟くと、うんうんと他の村人たちが頷く。

それでも、イサミナはこれを好機だと思った。積極的に助けたい人物ではないが、恩は売っておくべきである。

「ヴァーミリオン。あれを助けるわよ」

「今度はどういう口上で俺を動かすつもりだ。聞かせてみろ」

挑発するみたいに彼が言う。周囲にいた村人たちも、イサミナがどう説得するか気になったのだろう、暴れ馬よりもイサミナたちに注目した。

「まず、あの人は強欲だって噂だし、いないほうが世の中のためになると思う。むしろ、助けたほうが不幸になる人が増えるかも」

　イサミナはとりあえず、隣村の村長を酷評する。

「……ほう？　まあ、あの底意地の悪そうな面構えとお前たちの様子を見る限り、かなり嫌われているのがわかるな」

　ヴァーミリオンは言葉を重ねた。

「しかし、それだけでは助ける理由にはならない。昨日と同じ程度の説得じゃ、俺は動かないぞ？」

　彼は腕組みをしたまま、つまらなそうに鼻を鳴らす。

（そんなこと、わかってるわよ。でも、最初から切り札を出すのはお利口とは言えないもの）

　イサミナは余裕ありげに説得を続ける。

「助けるときに、あの馬を殺してしまいましょう。馬は天使のお気に入りの動物よ。天使を召喚する供物として用意しなければならない動物だもの。人間を助けるためとはいえ、殺す必要のない馬をわざと殺すことは、天使に対しての嫌がらせにもなるわ」

「なるほど……。だが惜しい。それ程度で動こうとは思わない。……さあ、どうする？」

彼はにやにやしながら言い返してきた。イサミナが必死に頭を使っている様子を楽しんでいるのだろう。

もっとも、イサミナとて彼がこのくらいで動くとは思っていない。

「おっ、落ちる！　助けてくれ！　誰かっ、ひぇえええええー！」

そんな悲鳴をよそに、イサミナはとっておきの切り札を出した。ヴァーミリオンの興味を引く必殺の一手である。

――そう、自ら美食家と言った彼の嗜好に訴えかけるのだ。

「ねえ、ヴァーミリオン。馬はとてもおいしいって知ってる？」

「……は？」

「馬のお肉はね、生で食べると最高なの」

「な、生だと？　人間のくせに、生肉なんて食うのか？」

ヴァーミリオンが驚いている。本当かと聞くみたいに彼が周囲の村人を見回したところ、村人たちはぽつぽつと呟き始めた。

「馬の刺身は最高だ！　最後に食べたのは何年前だったかなぁ……」

「よく見ると、あれは立派な馬じゃないか。あの一頭でかなりの肉がとれるぞ」

村人たちが恍惚とした表情で馬を見ている。その様子から、イサミナの言っていることが嘘ではないと伝わったらしい。

「お、お前ら、本当に馬を食べたことがあるのか？　しかも、生で……」

ヴァーミリオンは生肉を食べることに衝撃を受けている。

「私たちは天使を召喚するのに、馬を用意できなかったわ。でも、昔はこの村にも馬がいたの。馬は天使のお気に入りの動物だから、本当なら大切にしなければならないけど……」

「まさか……」

ヴァーミリオンは再び村人たちの顔を見回す。そして、なにかを確信したようだ。

「なるほどな」

呟きながら、彼は苦笑する。

――そう、この村に馬がいない理由……。それは、食べてしまったからである。

冬の時期、貧しい村では食べるものにも困り、春を待てずに馬を捌いた。おかげで馬の食い扶持は減ったし、その馬も食料になったから、実に合理的な選択だったのだ。

馬を大切にすべきだということは、十分承知していた。それでも、村人たちは信仰より生きることを選んだ。

そもそも、この村の人たちは召喚した悪魔を天使だと誤魔化すことを決めるような、ある意味、強者ぞろいである。ここは信心深い村ではない。強い信仰心を持てるほどの心の余裕がないのだ。

「気に入った。天使の好きな動物をも食らう村か。俺は面白い場所に喚ばれたようだな」

ヴァーミリオンの言葉に、村で一番動物を捌くのがうまい男が言った。

「よし、包丁を研いでくる。一番いい部分をお前さんにやろう」

「それじゃ、血抜きの準備をしないと」

「私、水を汲んでくるわ」

村人たちはばたばたと動き出す。

一方、ヴァーミリオンは暴れ馬のほうに近づいていった。馬は興奮したまま同じ場所をぐるぐる回っていたようだ。

「も、もう手の力が……っ、ぐっ、落ちる……！」

隣村の村長が苦しそうに言った瞬間、ヴァーミリオンは宙に浮いて村長の首根っこを掴まえた。彼を馬の背から引き上げて馬の頭を蹴りつける。

たった一撃で鈍い音がして、馬の頭はありえない方向へと曲がった。馬は鳴き声を上げることもなく、大きな音を立てて地面に崩れ落ちる。それきり、ぴくりとも動かなくなってしまった。

ヴァーミリオンは隣村の村長を地面に下ろす。腰が抜けているのか、彼は地面にへたりこんだ。

「た、助かった……？　ん？　お前は……？」

隣村の村長がヴァーミリオンを見上げる。イサミナは彼らに駆け寄ると、手の甲の痣がよく見える体勢で村長に声をかけた。

「大丈夫ですか？」

隣村の村長にいい印象はないけれど、聖女らしい爽やかな笑みを浮かべてみせる。

「そうか。そういえば、この村にも聖女が現れたという話だったな……」

イサミナの痣を見て、隣村の村長は納得したように頷く。

「では、彼がお前の召喚した天使か？」

「はい、そうです」

「……なるほどな。だが、どうして翼を隠していらっしゃるんだ？」

立ち上がりつつ村長が訊ねてくる。

通常、天使は自らの象徴である翼を隠すことはない。だから疑問に思ったのだろう。

「これには深い理由があるのです。……ヴァーミリオン、翼を出して」

イサミナが言うと、ヴァーミリオンは消していた翼を出現させた。……そう、漆黒の翼を。

「なっ……黒い翼だと？　あっ、悪魔じゃないか！」

隣村の村長は、再び腰を抜かして地面に尻餅をつく。

「かっ、神様、天使様、助けてくれ……」

震えながら指で十字を切った村長に、イサミナは優しい声色で話しかけた。

「天使なら、ここにいますよ。ほら」

ヴァーミリオンを指さして、にこりと微笑む。……というか、常日頃から傲慢(ごうまん)な隣村の村長が怯えている姿に、自然と笑みがこぼれてしまった。

「ど、どこが天使なんだ！　どう見ても悪魔じゃないか！　こ、殺される……」

村長は足をもがかせるが、立てない様子だ。逃げられない彼を見て、ちゃんと最後まで話せそうだと、イサミナは内心ほくそ笑む。

「彼は間違いなく天使です。現に今、彼に助けてもらいましたよね？　彼が助けなければ、あなたは暴れ馬に振り落とされた上、踏み潰されて死んでいましたよ」

「そ、それは、確かにそうだが……」

「悪魔が人助けをするわけがありません。彼が悪魔なら、あなたを見放していました」

「そうかもしれないが……」

村長の表情から少しだけ恐怖が薄れる。しかし、その眼差し（まなざし）は疑惑を孕ん（はら）でいた。

「彼は高位の天使なのです。自分をあえて厳しい状況に置くことで、より過酷な修行に励もうと、わざと悪魔の姿をしているのです。天使が自身を戒める（いましめる）ことは、よくありますよね？」

「……な、なるほど……？」

まだ納得していないようだが、それでも、ヴァーミリオンに助けられたのは事実である。そして、悪魔が人間を助けるはずがないというのも、隣村の村長は理解していた。

「そういうことか、ふむ……。そういう天使もいるのか……」

自分を納得させるみたいに彼は呟く。

「馬は天使のお気に入りの動物です。しかし、あそこまで暴れていると、馬を殺さなければ無事に助けられませんでした。だから、彼はあなたのために、苦しみに耐えながら馬を殺め（あやめ）たのですよ。それほどまでに、彼は高潔な天使なのです」

「……わかった。悪魔にしか見えないが、確かに天使なのだろう」

村長が頷く。

（やったわ！　天使を見慣れている隣村の村長も騙せ（だませ）たみたいね）

安堵したイサミナの顔に心からの笑みがこぼれるが、それは聖女の慈愛に満ちた微笑に見えたはず。

「礼を言う」

「どういたしまして。……ところで、今日は怖い思いをされたでしょう？　村に帰って休まれてはいかがですか？　この馬は私たちが手厚く葬(ほうむ)ります。仕方なく殺(あや)めたとはいえ、天使のお気に入りの動物ですから、彼も自(みずか)らの手で弔(とむら)いたいでしょう」

「わかった」

村長は馬につけていた荷物を取る。

「鞍(くら)はあとでお届けします」

「……ああ、よろしく頼む」

ここから隣村までは、そう離れているわけではない。村長は軽い荷物だけ持つと、自分の村へと帰っていった。

彼の姿が見えなくなってから、ヴァーミリオンが倒れている馬を軽々と担ぐ。

「おーい、こっちこっち」

久々に馬を食べられる喜びに顔をほころばせた村人が、イサミナたちを手招いている。

「生肉か……！　どんな味がするのか、楽しみだ」

ヴァーミリオンは足取りも軽く村の中へ入っていった。

「これは旨い！」

馬の刺身を食べたヴァーミリオンは、かなり満足しているようだ。

「なんだこれは……肉なのに重くない。ほどよく脂がある一方で、実にさっぱりしている」

「沢山召し上がってください！」

彼の前に肉の皿が置かれていく。村人たちも久々の馬肉に舌鼓（したつづみ）を打っていた。

感動している様子のヴァーミリオンに、イサミナはふと訊ねてみる。

「魔界には生肉はなかったの？　……というか、魔界では普通に食事してたの？」

「悪魔は食わなくても生きていけるから、食べものはただの嗜好品（しこうひん）だ。気が向いたら食うが、魔界の肉は臭くて生では食えない」

魔界の食事情はよくわからないけれど、肉の質は人間界のほうが上らしい。

「他の動物の肉も生で食えるのか？」

ヴァーミリオンがぽつりと疑問を口にすると、村人たちが答えた。

「豚の生肉は絶対にだめだ。死人が出た」

「鳥は新鮮ならいける種類もいるが、避けたほうが無難だな」

「牛はまあ食えるほうだが、生で食うなら馬のほうが旨い。その代わり、焼いて食うなら牛だ。馬肉は火を使うと、途端に調理が難しくなるぞ。火加減を誤るとすぐ硬くなって、味が落ちちまうんだ」

全て試したことがあるような口ぶりに、ヴァーミリオンは感心したみたいに片眉を上げた。事実、どの肉が生で食べられるのか先人たちが試し尽くし、村に代々伝わっているのだ。

「なにもなさそうな村なのに、食への追求心がすごいな……。己の欲求に素直になるのは、いいことだ」

そう言いながらヴァーミリオンは馬肉を食べ続ける。そこに村人が声をかけてきた。彼は高そうな酒瓶を掲げている。

「おーい！　さっき隣の村から使いが来て、助けてくれたお礼だとよ！」

どうやら、隣の村の村長は借りを作りたくないようだ。届けると言われた鞍をわざわざ取りに行かせ、ついでにお礼の品を置いていったのだとか。

「おっし！　じゃあ、飲むか！」

届いたばかりの酒を男たちが開ける。

「イサミナ！　これ、あなたにお礼状だって」

「あの村長が、わざわざ？」

イサミナは手紙を受け取り、中を見た。

そこには、今まで週に一度は聖女を使わし施しを与えてやったのだから、助けてもらって当然だというような内容が、上から目線で書かれている。腹が立つ言い回しだが、実に隣村の村長らしい。

嫌みたらしい文章を流し読みしていたイサミナは、最後に書かれていた文章に声を上げた。

「……っ、大変！」

「どうした、イサミナ」

ゼプが訊ねてくる。

「一週間後に、隣の村の聖女様と天使様がいらっしゃるって……！」

「な、なんだと！　それは大変だ！」

村人がざわつく。

隣の村で聖女が天使を召喚したとなれば、彼らが気になるのは当然だ。しかし、今会うのは時期尚早(じきしょうそう)である。

「ねえ、ヴァーミリオン。さすがに天使には、悪魔だってことが一目でばれちゃう？」

「いや、人間ではないことしか伝わらない。見たくらいでは悪魔であると確信できないはずだ。ただ、本物の天使を欺(あざむ)くのは簡単ではないだろう」

飄々(ひょうひょう)と、ヴァーミリオンが答えた。

「そうよね、人間を騙(だま)すのとはわけが違うわよね……。でも、一目でわかるわけじゃないならよかったわ」

イサミナは手紙を読み返す。そして、ある仮説を立てた。

「隣村の村長は、ヴァーミリオンの翼が黒いことは言ってないようね」

「なぜそんなことがわかる？　手紙にそう書いてあるのか？」

ヴァーミリオンが訝(いぶか)しげに訊ねてくる。

「手紙にはなにも書いてないわ。でも、隣村の村長はとても矜持(きょうじ)が高いの。黒い翼の天使がいたと言ったら、動転して見間違えたと笑われるかもしれないって、翼のことは黙っていたに違いないわ」

イサミナがそう言うと、ゼプは「確かに、あいつは黙っていそうだ」と頷く。

「それに、もしヴァーミリオンの翼が黒いと説明していたなら、隣村の聖女様と天使様は一週間後と言わず、すぐにこの村へ来るはずよ。黒い翼の天使がいるなんて、本物の天使なら絶対におかしいと思うだろうし」

「なるほど。じゃあ、翼を見せなければやり過ごせる可能性はあるのか……」

ヴァーミリオンは腕を組みながら頷いた。

「俺が悪魔だとばれたら、僧兵とやらを呼ばれて俺の命も危ないだろうからな。今回ばかりは、できる限り協力してやる。だが、実際にどうするのかを考えるのはお前たちだ」

覚悟を見定めるように彼は村人たちを見回す。村人たちは戸惑いつつもイサミナを見た。期待をこめた眼差し(まなざ)しを向けられ、イサミナはぐっと拳を握りしめる。

「相手は天使だもの。根は素直なはずよ。みんなで騙(だま)し抜いてみせましょう。まだ一週間あるから、入念に打ち合わせするわよ。……大丈夫、どうするべきか私がちゃんと考えるわ」

本当は大丈夫だとは思っていない。来週のことを考えると胃が痛くなってくるし、緊張して背中に嫌な汗をかいてしまう。

しかし、自信ありげに大丈夫と言うだけで村人たちは安心するのだ。不安なまま天使を迎えれば、きっとボロが出るだろう。計画を考えるより、まずは村人たちの不安を払拭(ふっしょく)するほうが先だ。

「まずは、食べちゃいましょう！」

イサミナは、わざと明るい声で言う。せっかくの馬肉の味はわからなくなったが、無理矢理胃に流しこんだ。

食事が終わったあと、計画を考えるからとイサミナは家に戻る。

どこに行ったのか、いつの間にかヴァーミリオンはいなくなっていた。ひとりのほうが集中できるので、イサミナは静かな部屋で計画を練る。

まずは隣村の天使を思い浮かべた。彼のことは毎週見ていたけれど、話したことなど一度もない。

彼の印象は穏やかそうなもので、いつも慈愛に満ちた表情で聖女を見つめていた。

(天使は性格がいいはずよ。そこにつけこむしかない)

ヴァーミリオンが村人を助けている様子を見せ、悪魔ならこんな風に人間へ優しくしないはずだと言いくるめるのがいいだろう。

村人総出の脚本を考えていたら、あっという間に夜になった。簡素な食事を済ませてから共同浴場で汗を流す。

家に帰ると、ヴァーミリオンが戻っていた。昨日と同様、ソファに座ってくつろいでいる。

「どこに行ってたの?」

「適当だ」

素っ気ない返事だったけれど、イサミナの邪魔にならないように気を遣ってくれたのだろう。それがわかったので、イサミナは「ありがとう」と礼を言った。返事をするかのように、彼の黒い翼が微かに揺れる。

「隣村の天使とやらは、大丈夫そうなのか？」

「……まあ、色々考えてはいるから。とにもかくにも、やるしかないわ」

イサミナは口角を上げて笑顔を作ってみせる。

しかし、ぎこちない笑顔になってしまったことは自分でもわかった。昼間、村人の前でしてみせたみたいに上手に笑えない。

「お前――」

「大丈夫、みんなの前ではちゃんと余裕に振る舞うから」

イサミナがそう言うと、ヴァーミリオンは少しだけ考えてから口を開いた。

「いいことを教えてやる」

「え？」

「お前が知らない、天使の情報だ」

「えっ⁉」

天使の情報を得られれば、もっといい策を思いつくかもしれない。イサミナは前のめりになる。

「教えて！」

「俺たち悪魔は、下着を穿かないと言っただろう？」

「ええ」

「天使もそうだ。隣村の天使がどんな奴かは知らないが、そいつは下着を穿いてない」

「え？　……えっ？」

与えられた情報に、イサミナはぽかんと口を開けた。脱力して思わず笑ってしまう。

「なにそれ。なんの役にも立たないわ……ふふっ」

「面白い情報だろう？　天使たちはお綺麗な顔をしていながら、悪魔同様、下着を穿かないんだ」

「……っ、ふふふ」

イサミナは隣村の天使を思い出す。

水色の髪をした麗しい男性の姿。その顔立ちは中性的である。彼について深く考えたことはなかったけれど、まさか下着を穿いていないとは思わなかった。

「んふっ、ふふ……。やだ、どうしよう……。天使様に会ったら、下着をつけていないんだって思い出しちゃう。笑っちゃったら、どうしてくれるの！」

ヴァーミリオンが教えてくれた情報はくだらないものだった。なんの役にも立ちそうにない。

だからこそ余計に笑えてしまう。

（あの天使様が……まさか、あのローブの下が、丸出しだなんて！）

「ふっ、ふふふふふ……んうっ」

一度ツボに入ると、もう止まらない。

下着を穿かなければ、そこかしこに陰毛が落ちるのではないかとまで考えてしまった。そんな家、絶対に住みたくない。掃除のたびに微妙な気分になりそうだ。

（あんなに綺麗な顔をして、陰毛を振りまいているかもしれないって、やばい……やばすぎる！）

「やっ、もう……っ、あははははは！」

綺麗な天使のローブ下の事情を考えるだけで、笑いが止まらなくなる。

「んふっ、んんんんっ」

笑いすぎて涙が出てきた。目を擦りながらヴァーミリオンに言う。

「ありがとう。力が抜けたわ」

「それはなによりだが、笑いすぎだ。そこまで笑うことか」

ヴァーミリオンはイサミナに近づき、昨晩と同じように抱き上げてくる。

「あっ……」

「気分転換になったのなら、次は俺の食事に付き合ってもらう」

「えっ？　あ……っ、んむっ……っ、ん」

口づけられたまま部屋に運ばれた。ベッドに下ろされると、唇を深く奪われる。

「んうっ、ふぁ……あ」

先ほどまであんなに笑っていたというのに、空気が一転した。口づけを交わしただけで、ふたりが纏う雰囲気が淫靡なものへと変わっていく。

「はぁ、んぅ」

ヴァーミリオンはイサミナの口内をひとしきり堪能したあと、舌を抜き差ししてくる。イサミナの唇を割り開いて出たり入ったりするその動きに、とてもいやらしい行為を連想して体が火照った。服もあっという間に脱がされて一糸纏わぬ姿となる。

彼の手はイサミナの胸を捉えた。抜き差しする舌の動きと併せて、硬い指先がくにくにと胸の頂を押し潰してくる。

「はうっ！　んっ、ひあっ」

尖った先端を弄ばれるたびに体が痺れ、しっとりと肌が汗ばむ。

「や……っ、もう、胸ばっかり」

「ん？　ああ、下も触ってほしいというおねだりか」

「っ！　そういうわけじゃ……」

くつくつと喉の奥で笑う彼の手が、胸から足の付け根に下ろされる。そこはすでに蜜で潤(うる)んでいて、触れられた瞬間にくちゅりと淫猥(いんわい)な音を立てた。

「ああ、いい具合にでき上がっているようだな。今日は指を増やすぞ」

「えっ……っ、ああっ！」

ヴァーミリオンの指が一本、イサミナの蜜口に埋(うず)められた。昨日散々慣らされたためか、花唇はすんなりと異物を内側へ誘う。ぴたりと閉じた隘路(あいろ)が彼の指の形に拡げられていった。

「ひうっ、ん！　そこは……っ、はぁ……んぅ」

昨日見つけられた敏感な部分の周囲を、彼の指先がくるくると円を描くみたいになぞる。しかし、肝心な場所になかなか触れてもらえなくて、イサミナはもどかしくなった。焦(じ)れて腰を動かすと、彼の指先がようやくその部分に触れる。

「ああっ！」

ぐっと指の腹で媚肉(びにく)を押されると強い快感が生じて、愉悦(ゆえつ)が波紋のように全身に広がった。体が火照り、指先まで熱くなる。

ヴァーミリオンはその場所を指先で擦りながら、もう一本の指を侵入させてきた。隘路がさらに拡げられ、ぴりっとした痛みが生まれる。

「……っ、いっ……」

イサミナが顔をしかめると、ヴァーミリオンは指の動きを止めてくれた。

「痛いか？」

「……んっ、ものすごく痛いわけじゃないんだけど……ちょっとだけ。でも、我慢できるくらいの痛みよ」

「痛みの先に快楽がある。最初はどうしても痛むが、もう少し頑張れそうか？」

「う、うん……」

イサミナが頷くと、彼は気遣うようにゆっくりと指を動かした。二本の指が動くとやはり痛みが生じるけれど、耐えられないものではない。

それに、彼はイサミナを落ち着かせるみたいに何度もキスしてくれた。

「んっ、ふぅ……っ、はぁ……っ」

与えられる口づけが気持ちよくて、痛みよりもそちらに集中してしまう。

彼の指はイサミナのこわばった媚肉をほぐしていった。奥から蜜が溢れてきて、中がとろとろになっていく。秘肉が柔らかくなるにつれ、痛みも薄れた。そのことに気付いたのだろうか、ヴァーミリオンの指の動きがやや激しくなる。

「はぁん……っ」

二本の指が体の中でばらばらに動く感触に、新たな快楽が芽生えようとしていた。片方の指がイサミナのいい部分を擦り、きゅうっと膣内の指をしめつける。

「気持ちいいか？」

わざわざ問わなくても、イサミナの様子を見ればわかりそうなものだった。それでも聞かれたので、恥ずかしいけれど答える。

「気持ちいい……っ、んうっ……！」

「もう一本、いけそうか？」

「えっ？　そんなの、無理……っ、あぁあああっ！」

さらに一本指を増やされると、先ほどよりも強い痛みに襲われた。せっかく柔らかくなった膣内も再びこわばってしまう。

「やあっ、んっ……！　三本なんて無理ぃ……ひっ、ん……」

蜜口を無理矢理拡げられる感触に耐えきれず、イサミナはすすり泣く。

「指三本を受け入れられないようでは、俺のを挿れるなんて無理だ。よく慣らしておく必要がある。……ちゃんと気持ちよくしてやるから」

イサミナが泣こうが、ヴァーミリオンは指を抜いてくれなかった。けれど、無闇に指を動かして新たな痛みを与えてくることもない。彼は指を挿入した状態で秘処に顔を寄せる。

「えっ……っ、あぁん！」

蜜口の上のぷっくりとした花芯に口づけられ、じゅるりと吸われた。

「ひうっ！　んっ、そこは……ぁ、あぅ……っ！」

硬くなった花芽が彼の口内に誘われ、舌先でつつかれる。ざらついた舌の上で転がされると、甘い痺れが背筋を走り抜けていった。びくりと腰が浮いてしまう。

指を埋められたままの中はまだ痛みを訴えている。それでも、そのすぐ上にある秘芽が強い快楽を訴えてきた。

じゅるじゅると、彼が秘芽に吸いつく音が耳に届く。激しい刺激に、お腹の奥がじんと熱くなった。さらに花芯を舌先でつつかれると、どっと体の奥から蜜が溢れてくる。

快楽にひくつく媚肉は、徐々に柔らかさを取り戻していく。

「はぁ……っ、んぅう……」

秘芽を執拗に攻め立ててくるものの、ヴァーミリオンは中に挿れた指を動かすことはする。

なかった。しかし、イサミナの媚肉（びにく）はひくついて、彼の指をしめつけたり吸いついたり
無意識に動く膣が、彼の指の形をまざまざと体に刻みこんだ。

「やぁ……っ」

痛さもあるけれど、彼の指と接触している部分が気持ちいいとさえ思ってしまう。

そのとき、ヴァーミリオンの歯が花芯を甘噛みし、ひときわ強い快楽が全身を突き抜ける。

「ひあっ！　やっ、噛んじゃだめっ！　んっ、ひあっ！」

軽く歯を立てられたぐらいでは痛くはない。だが、与えられる快楽が強烈だった。

しかも、彼の歯は秘玉を包んでいた包皮を器用に下ろしていく。

「んーっ、あっ、あぁあああっ」

秘玉が剥（む）き出しになる。そこに濡れた舌先を容赦なく押し当てられた。舌のざらつきを感じて、一気に高みに押し上げられる。

「あっ、ぁ……っ、あ――」

イサミナはびくびくと体を震わせながら絶頂を迎えた。ぎゅうっと、咥えこんだ三本の指をしめつけてしまう。

脱力すると同時に体のこわばりも解け、媚肉はすっかりほぐれていた。すると、ようやく彼の指がイサミナの中で動き始める。

「んうっ、あぁ……っ」

もう痛くはなかった。三本の指が内側を探る感触に夢中になるばかり。

「あっ、んうぁっ！　んんっ、ん……」

彼の長い指でも届かない奥の部分が切なく疼いた。奥の奥まで満たしてほしいという願望が、快楽と同時にこみ上げてくる。

（今なら、最後までできるかも……）

そう思ったイサミナは、勇気を振り絞ってヴァーミリオンに声をかけた。

どうせ、いつかは最後までしなければならないのだ。彼に十分な量の生気を届けるためにも、早いほうがいいだろう。

「ヴァーミリオン……っ、あの」

「どうした？　辛いか？」

「そうじゃなくて、今なら最後までできるかも……？　んっ、私の体の準備もできてそうだし」

「……ッ！」

ねだるみたいに、柔らかくほぐれた蜜口がきゅうっと彼の指をしめつける。ヴァーミリオンの喉仏がごくりと動いた。

「本気か？」

「だって、ちゃんと最後までしないと、あなたが得られる生気の量は少なくなるんでしょう？　あなたが弱ってしまったら、この村の人はみんな困るわ。だから……」

　イサミナはじっと彼を見つめる。しかし、返ってきたのは予想外の言葉だった。

「これで得られる生気の量は少ないが、まだ大丈夫だ。……もっと慣れて中がとろとろになっているほうが、俺もおいしく頂ける。最後までするのは食べ頃になってからだ」

　彼の指が三本まとめて抜き差しされる。はじめはゆっくりとした動きで、徐々に速くなっていった。抽挿されているのは指なのに、肉の塊が出し入れされると本当に性交しているような感覚に陥る。

「はあっ、んっ！」

　指に体を犯され、蜜口を蹂躙され――差しこまれ、引き抜かれるたびに蜜が飛び散った。内股も、シーツも、彼の指も、ぐちょぐちょに濡れている。

「イサミナ……っ」

「んむっ！」

名前を呼ばれながらキスをされ、彼の舌が激しく絡みついてくる。舌を擦り合わせつつ指を抽挿されると、イサミナの体はまたもや快楽の渦に沈んでいった。

なにも考えられなくなってしまい、頭が真っ白になった瞬間に飛沫が上がる。

「あ――っ、ん……っ！」

イサミナの体から噴き上がった潮はヴァーミリオンを濡らした。彼は慎重に指を引き抜く。体の中に入りこんできていた熱が失われ、イサミナは切なくなった。

もの欲しそうにひくつく蜜口を閉じるように、彼の指が秘裂を優しく撫でる。

体中、そしてシーツまでぐしょぐしょで気持ち悪かったけれど、ヴァーミリオンが手をかざすと、シーツが一瞬で乾いて体液も消えた。

疲れた体に、さらりとしたシーツの感触はとても気持ちよく感じる。しかも、布団がほんのりと温かい。

「寝ろ」

そう言って、彼の手がイサミナの目を隠す。心地よい疲労感に、そのまま眠りに落ちていった。

翌朝、イサミナが起きたときにはヴァーミリオンの姿がなかった。

昨日の朝は抱きしめられていたから、今朝はその温もりがなくて、少しだけ寂しくなる。なぜそんな風に感じてしまうのか、自分でも不思議に思いながら、イサミナは支度をして村の広場へ向かった。

広場にはゼプをはじめ村人が数人いた。彼らはひとりで来たイサミナに声をかけてくる。

「おはよう、イサミナ。ヴァーミリオン様は？」

「それが、朝起きたときにはいなくて――」

そう答えてすぐ、大きな黒い影が地面に映っていることに気付いた。顔を上げると、なんと巨大な熊を抱えたヴァーミリオンが飛んでいる。

「く、熊っ？」

ヴァーミリオンは広場の中央に熊を投げ下ろした。その重さで、地震のように地面が揺れる。本物の地震だと思ったのか、慌てた様子で家の中から飛び出してきた村人もいた。

そんな騒ぎをよそに、彼は熊を顎でくいっと指しながら村人に問いかける。

「熊の肉は食えるのか？」

「食えるぞ！　焼いてもいいが、鍋にすると旨い」

「そうか、じゃあ作ってくれ」

ヴァーミリオンは服についた熊の毛を払い落とす。調理を頼まれた村人は、熊を捌ける男を呼びに行った。

「すごいわ、これ……」

イサミナは地面に転がっている熊を見る。立派な熊だ。こんな大熊が人里に下りてきたら、イサミナの村なんて簡単に滅ぼされてしまいそうである。

「一昨日、空を飛んだとき、向こうの山に熊がいたのが見えたんだ。でかいし、食いでがありそうだから獲ってきた」

「あなたは食べるのが好きだけど、この村には余分な食料があるわけじゃないものね……。特に肉は不足してるし」

ヴァーミリオンが熊を狩ってきたという噂は瞬く間に広がり、村人たちが広場に集まってくる。

「肉だ！」

「今日も肉が食えるぞ！」

「こんな大きな熊、初めてだ！」

村人たちは倒れている熊を見て喜びの声を上げた。

「ありがとうございます、ヴァーミリオン様！」

「ああ、この村に来てくださったのが、あなた様でよかった……！」

昨日の馬に引き続きごちそうを食べられるとあって、皆がヴァーミリオンに心からお礼を言っていた。人間が悪魔に感謝するという、ある意味とても異様な光景である。

少し前まで、村人たちは悪魔を怖がっていた。しかし同じ皿の料理を食べ、杯を交わしているうちに警戒心は薄れた様子だ。確かにヴァーミリオンは召喚されたときこそ皆を脅したものの、実際に村人に危害を加える気配はない。

さらに、貴重な肉を狩ってきてくれたことで、村人たちが彼に好感を持ち始めたようにも見えた。

昨日は計画の一環で馬を倒したが、今日の彼は自発的に肉を提供している。ヴァーミリオン自身の肉を食べたいという気持ちが根底にあったとしても、そのおこぼれに与る村人たちは嬉しいだろう。

貧しい村での娯楽は少ない。そんな中で、おいしい食事はかなり上位の喜びなのだ。喜びを分かち合うことで、親しみを持ったに違いない。

早速、調理道具を持ち寄った村人たちが準備を始める。

「ヴァーミリオン様、ありがとう！」

食べものをくれる人はいい人なのだと思っているのか、村の子供がヴァーミリオンに満面の笑みを向けた。その子を筆頭に、他の子供たちも彼の周囲に集まっていく。しかも、長身のヴァーミリオンによじ登ろうとしている子供もいた。

「こらっ！　そこまでの無礼は……！」

子供の親が慌てふためく。

しかし、ヴァーミリオンは子供たちを無下に扱うことはなかった。笑い返すわけではないが、かける言葉は優しい。

「お前らは細すぎる。もっと食って大きくなれ」

「――っ！」

それを聞いたイサミナは、はっとした。

ヴァーミリオンの言う通り、この村の子供たちは細い。――否、子供だけでなく、大人も皆細いのだ。太っている人なんてひとりもいない。栄養が足りていないからだ。

彼はそのことに気付いていたのだろうか？

ヴァーミリオンだけが食べるのなら、小さい獣で十分である。しかし、彼はきちんと村人全員に行き渡って、それでも余るくらいの獲物を獲ってきたのだ。

（なんて、優しい……）

イサミナはそう感じた。

だが、そう思ったのはイサミナだけではないらしい。この村の子供たちが、隣村の同じ年頃の子供たちよりも細く背が低いことを案じていた村人たちは、皆似たような表情でヴァーミリオンを見ていた。

手を組んで彼を拝んでいる村人もいる。

——ヴァーミリオンは悪魔である。

しかし、この村にとって、彼は天使よりも尊い存在になりかけている気がした。

熊料理を食べながら、イサミナは村人たちと作戦会議をする。

「隣村の天使様対策も必要だけど、来るのは数日後でしょう？　その対策だけに専念しないで、人助けをして、黒い翼を持つ天使の存在を広める計画も続けたほうがいいわ」

「そうだな」

「それで、思ったんだけど……」

イサミナはヴァーミリオンを見た。

「昨日の馬と、今日の熊を見て考えついたの。人助けしつつ食料を調達しましょう。悪魔としての気分どうこうより、おいしい食べものが得られるなら、あなたにとっても悪い話じゃないでしょう？」

「……ほう？」

熊肉を頬張るヴァーミリオンが、興味深そうな眼差しを向けてくる。

以前、村一番の色男と結婚した村娘が「男心は胃袋で掴むもの」と言っていた。彼は悪魔だが食べることが好きだというので、この一手は有効なように思える。

「北の峠道は狼が多くて、人間を襲うって話を聞いたことがあるわ」

「なるほど、あそこの峠道か。狼は多いが、海辺の街と繋がる唯一の道だ。その街は真珠漁が盛んだから、真珠を買いつけたい商人たちは、危険でも通らざるを得ないという」

ゼプが口を挟んでくる。

「そういえば、西には大規模な盗賊団の拠点があって、年頃の女をさらって売り飛ばしているらしい」

「待て。狼は倒せば肉になるが、盗賊団を倒しても食えないだろう？」

食べものが手に入るならともかく、そうではない人助けは積極的にしたくないらしい。

ヴァーミリオンが難色を示すとゼプが言った。

「人身売買で得たお金で、盗賊団は豪遊三昧だ。その拠点を壊滅させれば、そこにある食べものがごっそり手に入る。きっと、いい酒も沢山あるぞ」

――そう、ゼプもヴァーミリオンを天使として誤魔化すと決めたひとりだ。根っからの善人であるはずはなく、ずる賢い一面もある。

ゼプはあえて「いい酒」という単語を強めに言った。案の定、ヴァーミリオンは興味を示したようだ。

「いい酒か……。……盗賊から盗むというのも面白い」

ヴァーミリオンがにっと口角を上げる。

「峠(とうげ)道のほうは、行ったところで都合よく狼が人間を襲うとは限らないから後回しだ。盗賊団を先に攻めるぞ。おい、その拠点(アジト)は具体的にどの辺りにあるんだ?」

村長は一度家に引き返し、地図を持ってきた。そして、指差しながら答える。

「この辺りだと噂(うわさ)にはなっているが、普通の人間にはわからない場所にあるらしい。今までに何度も僧兵が派遣されているものの、未だに拠点(アジト)が見つからないと聞く」

「なるほどな。……よし、偵察に行ってくる」

ヴァーミリオンは空を飛び、あっという間にいなくなった。その行動の早さに、イサミナは呆気にとられる。

「そんなにお酒が飲みたかったのかしら?」

「なんにせよ、やる気になってくれたのならいいことだ。売られる女性も助けられるしな」

まるで人助けのほうがおまけのようなゼプの言い回しに、イサミナは思わず笑ってしまう。

そして、ヴァーミリオンが戻ってきたのは二時間後のことだった。

「場所はわかった」

その言葉に、村人たちから「さすがヴァーミリオン様」と歓声が上がる。

「明日行く。もちろん、聖女であるお前も一緒に行くんだからな？　盗賊団の壊滅はたやすいが、俺では助けた女への説明ができない」

「わかったわ」

イサミナは頷く。盗賊団の拠点(アジト)は怖いけれど、行かないという選択肢はなかった。

ただ、恐怖心が顔に出てしまったのか、表情をこわばらせたイサミナの頭をヴァーミリオンが撫でる。

「俺に任せとけ」

悪魔のくせに温かいその手に、イサミナの緊張がわずかながら解けていった。

◆　◆　◆　◆

翌日、イサミナはヴァーミリオンに連れられて盗賊団の拠点(アジト)へと向かった。

彼が降り立ったのは断崖絶壁の岩場がそそり立つ場所で、とてもではないが人の気配など感じない。

「ここなの？」

「ああ、ここだ。この中のひとつが仕掛け岩になっていて、そこから中の洞窟に入れるようになっている」

ヴァーミリオンは翼を隠すと、長い黒髪を一房切る。

「俺の髪には魔力が満ちている。これを腕に巻いておけ。万が一の際、お前の身を守ってくれるはずだ」

彼はイサミナの腕に、切り落とした髪を巻きつけた。

「俺の体から切り離してしまうと、徐々に魔力は失われていく。効果があるのはせいぜい一時間といったところか。まあ、それまでには決着がつくだろう」

そう言いながら、彼はなんの変哲もない岩に触れる。何回か叩くと、岩が動いてほの暗い洞窟が現れた。しかも、盗賊団の一員と思われる男までいる。

「うわ……っ！」

イサミナが驚きの声を上げると同時に、おそらくは中で門番をしていた見張りの男も声を上げる。

その男の仕事は侵入者を倒すことではなく、異常を知らせることなのか、ヴァーミリオンと戦うよりも先に、首にぶら下げていた笛を手に取った。

しかし、その笛が鳴ることはない。

「ひえっ……？」

男の掌で笛が粉々に砕け散った。ヴァーミリオンの魔力だろう。次いで彼が睨みつけると、男は倒れてしまう。

「本当は殺したほうが楽だが、いくら罪人でも、天使が人間を殺すなんざ怪しまれるからな」

ヴァーミリオンはそう言い捨てると、奥に足を進める。

「行くぞ。俺の後ろをついてこい」

「う、うん」

イサミナは小走りで彼についていく。

意外なことに洞窟の中は綺麗で、特に湿ってもいなかった。地面も平らに慣らされていて足を滑らせることなく、どんどん進んでいける。

その途中途中で盗賊と出会うものの、ヴァーミリオンは即座に無力化していった。この分なら、奥にいるだろう盗賊団の頭は侵入者の存在に気付いていないはずだ。

曲がりくねった道を進み続け、とうとうひらけた場所にたどり着く。

そこには三十人ほどの盗賊がいて宴を開いていた。酒と煙草のむせかえりそうな臭いに、イサミナは口元を押さえる。

端のほうには縄で縛られた女性たちがいた。これから売られようとしているのだろうか？　皆手足を拘束されており、皿に盛られた料理を犬のように食べていた。料理はとてもおいしそうなのに、彼女たちは悲痛な表情を浮かべている。

「ん？　誰だ！」

一段高い場所で豪華な椅子に座っていた恰幅のいい男が、ヴァーミリオンとイサミナに気付いた。じゃらじゃらと沢山の宝石を身につけていて、彼が盗賊団の頭だとイサミナにもわかる。

盗賊団の頭は腰に携えていた剣を抜いた。

「おい、客人だ！　男は殺せ！　女は捕らえろ！」

号令とともに、酒を飲んでいた盗賊団たちが一斉に武器を抜いて襲いかかってくる。

その気迫に、イサミナはひるんで動けなくなってしまった。ヴァーミリオンが側にいるとはいえ、屈強な盗賊たちが武器を持って向かってくる様子は恐ろしい。

ヴァーミリオンもまた一歩も動かなかった。

――動けなかったのではない、動く必要がなかったのだ。

「人間よ」

そう呟いたヴァーミリオンの体が宙に浮く。

「な、なんだ？」

「まさか天使か？」

洞窟に入る前から翼を隠していたから、人間に見えていたのだろう。しかし、宙に浮く人間などいないので、動揺した盗賊たちは動きを止める。

注目が集まってからヴァーミリオンは漆黒(しっこく)の翼を広げた。

「なんだと⁉」

「あ、悪魔だ……っ！」

「殺される！」

いくら盗賊でも、悪魔に立ち向かおうという気概のある者はおらず、彼らは武器を捨てて逃げようとする。この広場の奥に抜け道があるに違いない。

ヴァーミリオンは宙に浮いた状態で手をかざした。すると風が巻き起こり、無防備に背中を向けていた彼らは壁に叩きつけられる。

「ぐえっ！」

ていった。

喚き声と鈍い音がする。壁に激突した盗賊たちは、そのまま地面に重なるように倒れていった。

その様子を見て、イサミナは不安げにヴァーミリオンを見上げる。

「骨くらいは折れただろうが、死にはしないだろう」

彼は飄々と答えた。

そして、残っていた盗賊も同様に、手を払うだけで壁に叩きつける。まるで部屋の隅に溜まる埃みたいに、盗賊たちが壁際に重なっていた。

あっという間の出来事で、魔力のこもった髪の毛を巻いてもらったというのに、イサミナが危険な目に遭うこともない。

（強すぎる！　手加減してこれなんだもの……、彼がその気になれば、うちの村なんてすぐに全滅させられそう）

人間と悪魔の力の差はここまでなのか——と、改めてヴァーミリオンのすごさを思い知った。

あの盗賊たちは、人間たちの中ではかなり強いほうのはず。それにもかかわらず、虫けらのごとく倒されたのだ。

もしヴァーミリオンが悪魔であると国にばれたとしても、ここまで強い悪魔を果たして僧兵たちは倒すことができるのだろうか？

そんなことを考え始めたイサミナを、ヴァーミリオンは肘でつついた。

「おい」

彼がくいっと顎で示した方向に、縄で縛られた女性たちがいる。彼女たちは黒い翼を持つヴァーミリオンを見て震えていた。恐ろしい悪魔に殺されると怯えているらしい。

「あっ……いけない」

イサミナは気を取り直すと、彼女たちのほうに駆け寄っていく。盗賊を倒すのがヴァーミリオンの役目なら、ここから先はイサミナの仕事だ。

「大丈夫ですか？　私は聖女で、皆さんを助けに来ました。今、縄をほどきます」

聖女らしい微笑みを浮かべてから、女性を解放していく。

彼女たちはといえば、イサミナの手にあるのが聖女の証だと気付いたけれど、その聖女と悪魔が一緒にいることに混乱しているようだ。手足が自由になっても、そこから動けずにいる。

「安心してください。ああ見えて、彼は天使なのです」

イサミナは穏やかな声で話しかけた。

「え？　でも、あの黒い翼は……！」

「事情があり、彼の翼は黒くなってしまったのです。しかし、その心根は天使そのもの。人身売買をしている盗賊団の噂（うわさ）に心を痛め、こうして皆さんを助けに来たのです。もし悪魔だったら、人間を助けるはずがありませんし、盗賊たちを殺していたでしょう。倒すより、殺すほうが簡単ですからね」

イサミナの言葉を聞いた彼女たちは、恐る恐るヴァーミリオンを見た。

彼は広場を見回し、戦利品を見定めている様子だ。そんなヴァーミリオンが女性たちに危害を加える気配はない。

「く、黒い翼の天使なんて、本当にいるんですか……？」

「いますよ。そもそも、彼が悪魔だったら、聖女である私はとっくに殺されています」

「それは、確かに……」

女性たちは顔を見合わせた。

翼の色はともかくとして、ヴァーミリオンが悪魔ではないというイサミナの言葉には説得力がある。それに人間を助け、聖女と行動をともにする悪魔など聞いたことがない。そういう存在はまさに、天使なのだ。

「あ、あの……ありがとうございます！」

女性のひとりが立ち上がり、ヴァーミリオンに向かって頭を下げた。彼女に続くように、他の女性たちもお礼を言う。

「天使様、ありがとうございました！」

「ありがとうございます！」

そのとき、ヴァーミリオンがイサミナのほうを振り向いて笑みを浮かべた。おそらく、上物のお酒を見つけたのだろう。彼はかなり機嫌がよさそうである。

ヴァーミリオンは天使同様、人ならざる美しさを持っていた。彼の微笑みに女性たちの頬が赤く染まる。

「天使様だわ……！」

「あんなに美しいなんて、天使様としか思えない」

「あの黒い御髪に、黒い翼がとても似合うわ！」

女性たちはうっとりとヴァーミリオンを見つめている。

（そうよね、見た目だけなら文句なしよね）

イサミナは、彼女たちの言葉に心の中で同意しつつ、促した。

「さあ、今のうちに外に出ましょう」

女性たちを先導して洞窟の外へと連れ出す。そうしている間に、ヴァーミリオンがよさげな戦利品を見繕うだろう。

洞窟の外に出ると、女性たちの中に周辺の地理に詳しい者がいたようで、近くに大きな街があると言った。そこに向かって保護してもらうように、イサミナは指示を出す。

「本当は送ってあげたいのだけど、天使様は先ほど力を使ったので、しばらくの間、翼を隠すことができないのです。もし誰かに黒い翼を見られたら、悪魔だと誤解されてしまうわ。だから、側にいたいのです」

わざと悲しそうに呟くと、女性たちは同情した様子を見せた。イサミナはすかさずたたみかける。

「今までも、沢山誤解されてきたの……。それでも、天使様は人間の役に立ちたいと、他の天使様がしないようなことまでしているのです」

「まあ、なんて素晴らしい天使様なの……」

彼女たちは、すっかり感動している様子だ。

「皆さんにお願いがあります。どうか、黒い翼をした天使について広めて頂けないでしょうか？　そうすれば、あの天使様のことも周知されて、普通に暮らしていけると思うのです」

「わかったわ、任せて！」

「盗賊団を倒して、私たちのことを助けてくれたんだもの！　翼が黒くても、立派な天使様だわ」

「皆さん……ありがとうございます！」

イサミナはわざと瞬きをしないことで眼球を刺激し、目の端に涙を溜める。浮かんだ涙のおかげで、感動している聖女に見えるはずだ。

「それでは、私は天使様のもとに戻ります。皆さんもお気をつけて！」

イサミナは彼女たちの背中が見えなくなるまで見送ってから、洞窟の中に戻った。先ほどの場所では、ヴァーミリオンが戦利品をまとめている。

「何回か往復して取りに来る必要があるな」

「魔力で村に送れないの？　私の部屋の内装も、魔力でぱぱっと変えたでしょう？」

「それとこれとは原理が別だ。難しい話になるから省くが、結論から言うとできないし、これは運ぶしかない」

彼はてきぱきと布に食料や酒を包んでいく。

ふと、その中にお菓子が沢山あることに気付いた。砂糖をたっぷり使ったお菓子は日持ちするし、栄養源にもなるから盗賊たちも蓄えていたのだろう。それでも、ヴァーミリオンがそれを持ち帰ろうとすることには驚いた。

「ヴァーミリオンって、甘いものも好きだったりするの？」

「旨ければなんでも食う。……が、これはガキらが好きそうだからな」

「……っ！」

ヴァーミリオンの回答にイサミナは目を瞠(みは)った。

往復の労力を考えると、持ち帰る戦利品は彼の嗜好(しこう)に合うものばかりになると思っていた。

しかし、違う。ヴァーミリオンは子供のことまで考えて選んでいるのだ。

「……ねえ、ヴァーミリオン」

荷造りを手伝いながらイサミナは問いかけた。

「悪魔について教えてほしいの」

「ん？」

彼は手を止めてイサミナを見る。

「悪魔は天使とは正反対の存在で、人間を惑わして、騙(だま)して、無残に殺すって教わったの。聖書にも悪魔の非道な話が沢山載ってるわ。でも、あなたを見ていると、とてもそうは思えなくて」

「その聖書に書かれている悪魔の所業は、過去に本当にあったことだろう」

再び手を動かしつつ、彼は答えた。

「天使は天界で様々な規律に従い暮らしているが、魔界にはそんなものはない。弱肉強食の世界だ。強い者が上に立ち、弱い者が虐げられる」

「虐げられる……？」

「そうだ。強い悪魔は弱い悪魔を蹂躙する。理由もないのに痛めつけたり、殺したりするなんて日常茶飯事だ。そんな世界で生きてきた悪魔が、どういう性格になるか予想はつくだろう？」

それは、まるで地獄のような世界だ。仲よく暮らしている悪魔というのも想像がつかないけれど、魔界はそこまで殺伐としているのかとイサミナは驚いてしまう。

「悪魔は基本、この人間界には来られない。ここへ来る方法は人間の召喚に応じるか、はたまたなにかの偶然で地上に迷い出るかだ。そして、その殆どが魔界では力の弱い——つまり、虐げられた悪魔。さて、ここで質問だ」

彼の赤朱色の瞳がまっすぐに向けられる。

「今まで力の強い者に虐げられた悪魔が、自分より圧倒的に非力な存在の人間を見たらどうすると思う？」

「……っ！」

イサミナは、はっとして息を呑んだ。彼は頷く。

「今までの鬱憤を晴らすように、人間を蹂躙しないわけがないだろう？　強者に痛めつけられた奴らの悪意の矛先は、自分よりも弱い者に向く。自分がされてきたことをするのは、さぞ楽しいだろうな」

イサミナはなにも言えなくなった。

どんな経緯があれ、悪魔が人間を痛めつける正当な理由にはならない。人間にしてみたら、たまったものではない。

それでも、そうなってしまった悪魔のことを思うと胸が痛む。

「ヴァーミリオン、あなたは……？　あなたも、酷い目に遭ってきたの？」

彼にも辛い過去があるのだろうかと、震える声で聞いてみる。けれど、返ってきたのはあっけらかんとした声だった。

「いや、俺は違う。俺は魔界でも上位の力を持つ悪魔だからな。……気が付けば四天王と呼ばれていた」

「し、四天王……!?」

悪魔を召喚しただけでも大変なことだが、さらに四天王だったなんて、とんでもないことをしでかしたのだと改めて痛感する。魔界で四天王と呼ばれる者がどれくらいの立場なのかわからないけれど、かなりの力を持っているのだろう。

「魔界ではそれなりにいい暮らしをしていたから、俺は低級悪魔と違って心に余裕がある。こんな茶番に付き合うくらいにはな」

にっと、彼は口角を上げる。そんな彼の様子を見て、イサミナは胸を撫で下ろした。

「……よかったわ。あなたは虐げられていなかったのね」

ぽつりと呟くと、ヴァーミリオンは驚いたように目を瞠る。

「よかっただと……？　俺の過去なんてお前にはどうでもいいことだろう。それとも、お前は人間なのに、悪魔なんかの過去を気にするというのか……？」

彼の声には少しだけ戸惑いが交じっている。

イサミナはその質問には、すぐに、そしてはっきりと回答しなければと思った。彼の目をまっすぐ見つめ返して伝える。

「当然よ。あなたとは長い付き合いになりそうでしょう？　ずっと一緒にいる相手の過去が辛いものだったら、私も胸が痛くなる。誰かのことを思う気持ちに、悪魔とか人間とかは関係ないわ」

「イサミナ……」

彼は何回か目を瞬かせたあと、ふいっと顔を逸らした。だから彼の表情は見えない。

それでも、その場の雰囲気は悪いものではなかった。

「ひとつ言っておく。俺は魔界で強い立場だったが、無闇に弱者を蹂躙してはいない」

「そんなの、聞かなくてもわかるわ。だって、あなたが弱者をいたぶるような悪魔だったら、私の村はとっくに滅びていたでしょう？」

「……っ、うるさい。その気になれば、いつでも滅ぼすからな！」

　顔は見えないけれど、耳が赤くなっている。彼が照れる様子を初めて見たので、イサミナはなんだか嬉しくなった。村の子供たちが喜びそうなお菓子を選ぶ一方で、「滅ぼす」と言われても説得力がない。

　今なら会話が弾みそうだと、ついでに気になっていたことも聞いてみる。

「ねえ、ヴァーミリオン。あなたたちの食事についてなんだけど……もし男があなたを召喚していたら、どうなっていたの？　天使は聖女しか召喚できないけれど、悪魔なら男性でも召喚可能なのよね？」

　聖書にも人間に召喚された悪魔の話が沢山ある。召喚者の性別までは書かれていなかったものの、気になってしまったのだ。

　そのくだらない質問にも彼は律儀に答えてくれる。

「召喚に応じる前に、召喚者の顔を見ることができる。相手が男なら召喚に応じなければいいだけの話だ」

「なるほど……」

「お前たちがしていた儀式は、とんでもない供物のせいで、天界ではなく魔界に繋がった。本来なら、俺のような高位の悪魔が召喚に応じることはない。だが、俺は暇だったからな。おかしな召喚の気配を察知して、お前の間抜け面が気になって地上に来てみた」

「う……」

確かに、普通は天使を喚ぶのに血まみれの布など用意しないだろう。あのときのことを思い返し、イサミナは頭を抱える。どうして、誰もおかしいと気付かなかったのか。聖女誕生に浮かれすぎである。

「悪魔には、天使のような規律はない。召喚されたところで、なにをするのも自由だ。まあ、なんの見返りもなく人助けをする気にはなれないがな。しかしお前たちの企みは面白そうだし、旨いものが食えるから、今は協力しているだけだ」

ヴァーミリオンの様子はいつも通りに戻っていた。耳も赤くないし、顔もこちらに向けてくれる。気まずい雰囲気にならなくてよかったとイサミナは思った。

「さて、荷物もまとまったな」

あと数時間もすれば、さらわれた女性たちの話を聞いた僧兵がここにやってくるだろう。だから、ここにある食べものの全てを持って帰るわけにはいかない。

怪しまれない程度に、そして普段なかなか食べられなそうなものを選んだ。ヴァーミリオンはお菓子の入った布を手に取る。

「じゃあ、帰るか」

「うん」

　イサミナは彼と村に戻った。

　彼が奪取した食べものを往復して運んでいる間、イサミナはゼプや村人にことのあらましを話す。

「女の噂話はすごいからな。きっと、黒い翼の天使の話はかなりの勢いで広まるだろう」

　ゼプは満足げに頷く。

「これ、おいしー！」

「すごい、こんなの初めて食べた！」

　子供たちはヴァーミリオンが持ち帰ってきたお菓子に夢中だった。砂糖そのものが高価なので、普段口にできる甘いものは果物だけだ。砂糖をふんだんに使った甘さを初めて味わう子供たちは、瞳を輝かせている。

　大人たちはお菓子に手を伸ばしていなかったけれど、喜んで食べる子供たちの顔を見て嬉しそうにしていた。

その様子からも、大人たちのヴァーミリオンへの感謝の念が強く伝わってくる。……そう、彼が最初にお菓子を持ってきたこと、そして沢山あるだろう食べものからわざわざお菓子を選んだことは、皆わかっているのだ。

(この雰囲気……)

村の空気が変わり始めている。隣村の聖女と天使が来る日の対策についても、イサミナの中でなんとなく組み上がっていた。

◆ ◆ ◆ ◆

一昨日(おととい)よりも昨日、昨日よりも今日、そして今日よりも明日。日を追うごとに村の暮らしは少しずつ豊かになっていき、村人たちの表情にも笑顔が増えた。

まだ聖女補助金の申請をしていないので、この村に金はない。しかし、栄養のあるおいしい食べものが村人の心と体を満たしていった。痩(や)せ細っていた体格もしっかりしてきて、畑を耕(たがや)す力も強くなる。農作業にかかる時間も前より短くなった。

生活に余裕が出てくると同時に、村人たちのヴァーミリオンへの接しかたが変わってくる。

盗賊団から女性を助けた日、荷物を運ぶため彼が村にいない間に、イサミナは彼から聞いた悪魔のことを村人たちへ話していた。ヴァーミリオンはかつて人間界に召喚された悪魔と違い、弱者を虐げる趣味はないという話に、村人たちは安心した表情を見せながら口にしたのだ。

「そうか……人間を虐げるという掟なんてないのか。今まで人間界に来た悪魔の所業は、ただの憂さ晴らしだったんだな」

召喚された天使には、人間を加護せねばならないという規律がある。もし、悪魔に人間を虐げなければいけないという決まりがあったら――と、村人たちは内心不安だったのだろう。

その心配は払拭された。

もっとも、ヴァーミリオンの気持ちひとつで、この村は簡単に滅ぼされてしまう。それでも、ともに数日過ごしただけで、彼は理由もなくそんなことをする悪魔ではないと感じているようだ。

イサミナも同じ気持ちである。

そもそも彼は行為の際、強引にしつつも「痛いか？」と聞き、イサミナの体を気遣ってくれるのだ。人間の男だってあそこまでしてくれるのは稀だと思う。

（隣村の聖女様が来る日は、人助けをしている姿を見せるつもりだったけど——）

今のイサミナは、その必要はないと考えていた。

ヴァーミリオンと村人たちとの関係は、とてもではないが悪魔と人間の関係には見えない。子供たちだって、すっかりヴァーミリオンになついている。

その様子をありのまま見せればいいのだ。

早速皆に相談してみると、「イサミナがそう言うのなら」と納得してくれた。

ヴァーミリオンにも伝えたところ、彼は微妙な表情をしていたが「わかった」と了承する。

それから数日の間、イサミナたちは黒い翼を持つ天使の噂を広めるために、人助けに奔走した。人助けをすればするほど、村には食料が増えていく。

そして、とうとう隣村の聖女と天使が来る前夜になったが——

「……っ、ん、あ」

夜になれば、当たり前のようにヴァーミリオンが体を貪ってきた。なにかを考える余裕などない。

彼の長い指がイサミナの中に挿れられている。

彼女の蜜口はすっかりほぐされ、彼の指を抵抗なく受け入れられるようになっていた。

二本の指がばらばらにイサミナの中を刺激していく。

はじめは内側の気持ちいい場所はひとつだけだったのに、感じる部分が増えていった。

触れられるたびに、体はどんどん快楽を覚えこまされていく。

「もう一本増やすぞ」

わざわざそう言ってから、ヴァーミリオンは指を増やしてくる。

「やっ、三本目は……っ、んぅあ……！」

指が二本と三本とでは圧迫感が全然違う。内側に埋められる質量が増し、ぐっと蜜口が拡がった。それでも痛みはなく、やってくるのは快楽だけだ。

「あ――っ、はぁっ、ん……っ、うぅ……ぁん」

三本の指はイサミナのいい部分を的確になぞってくる。かき回されると愛液が溢れ、内股までべとべとに濡れてしまった。

「も、もう……っ、ん」

襲いくる悦楽の波に耐えきれず、イサミナは手をもがかせる。すると、指先が彼の長い髪をかすめた。ぷつりと、髪の毛が一本切れて指に絡まる。

「あっ……ご、ごめんなさい」

「構わない。このくらい、痛くもなんともないからな。……っと、そうだ」

ヴァーミリオンはそう言うと、なにかを思いついたように口角を上げる。次の瞬間、指に絡まっていた髪の毛が動き始め、するするとイサミナの腕を上（のぼ）っていく。

「えっ？」

「前に、髪の毛には魔力が満ちていると言っただろう？ 少しの間だが、こうして自由に動かせる」

「そ、そうなの……って、ひぁっ！」

髪の毛が胸の頂（いただき）に巻きついてきた。きゅっと強くしめつけられ、ぞくりとして腰が揺れてしまう。細い糸状のもので刺激される感覚は、指や口で与えられる快楽とはまた違ったものだった。

「ふぁ……ん、はぁ……」

胸を髪の毛で弄（もてあそ）ばれ、それと同時に中に埋（うず）められていた指を動かされる。イサミナの体は再び快楽の淵に沈んでいった。

「中がとろとろだ。俺の髪がそんなにいいのか？」

「だって、これ……っ、ん……っ」

イサミナが、何重にも絡みついた髪の毛が与えてくる感覚に翻弄（ほんろう）されている中、ヴァーミリオンはもう一本髪の毛を抜く。その髪の毛はイサミナの体の上を這いながら、下腹部に向かっていった。

「ま、待って！　まさか……」

びくりとイサミナの体が震える。予想を違えることなく、漆黒の髪の毛が秘芽に巻きついてきた。

「はぁん！」

強すぎる刺激に思わず背筋を仰け反らせる。硬くしこった花芯に、髪の毛はぐるぐると何重にも絡んできた。

「あっ！　やっ、んっ、ああっ！」

胸の頂と敏感な部分を髪の毛に攻められ、さらに内側を三本の指でかき回されて、これ以上の快楽はないだろう。迫りくる法悦にどんどん高みに押し上げられる。

あと少しで達しそうになったとき、ヴァーミリオンの唇がイサミナのそれに重ねられた。キスの感触に、あっという間に絶頂を迎える。

「――っ！」

体を震わせながら果てると、どっと汗が噴き出た。大量に溢れてきた愛液が彼の手首まで濡らしていく。

「キスでイったのか?」

唇を微かに重ねた状態で、彼が訊ねてきた。

「……っ、あ……」

ぼうっとする頭でイサミナは頷く。

「だって、キス、すごく気持ちいい……っああ!」

体から指が引き抜かれた。髪の毛は敏感な部分に巻きついたままだけれど、刺激してくることはない。

ヴァーミリオンはイサミナに深く口づけてきた。

「んむっ、んっ……」

達したばかりで体中が敏感になっていて、口内をまさぐられるだけでも強く感じてしまう。互いの唾液が混じり合い、イサミナはそれをこくりと嚥下(えんげ)した。喉の奥まで熱く感じる。

「敏感になってるな……。もしかして、今ならキスだけでイけそうか?」

「ぎゅって、抱きしめてくれたらイくかも……」

そう答えると、彼が強く抱きしめてくる。キスは角度を変えながら深くなっていき、長い舌がイサミナの舌に絡められた。ざらついた舌が擦(こす)れ合うとぞくぞくする。

「んむっ、ん……」

ふと、イサミナの太股に硬いものが当たった。それはまさしく彼の男の象徴である。

こうしてヴァーミリオンと際どい行為を毎晩しているものの、彼自身に貫かれたことは一度もなかった。イサミナは未だ処女だ。

どれだけ絶頂を迎えても、指では届かない部分が満たされない切なさに疼いた。しかし、彼はイサミナを抱こうとしない。その理由はわからないけれど、悪魔には悪魔の事情があるのだろうと深く追及しないことにした。

恋人ではなく、悪魔と召喚者という関係。だが、ヴァーミリオンがイサミナを大切にしてくれていることはわかった。彼は無闇にイサミナを痛めつけたりはしないし、快楽を与えてくれる。

「んっ、んーっ」

彼ともっと密着したくなって、イサミナは彼の背中に手を回し強くしがみついた。逞しい胸板に彼女の胸が押し潰される。

すると、彼の硬いものが体にぐりっと押し当てられた。その熱に頭がくらくらする。

「イサミナ……」

「……っ、ん、んんっ、――っ！」

舌の根まで強く吸われた瞬間、イサミナは再び達した。

とうとう、キスだけで絶頂を迎えてしまったのだ。連続して果てたせいで頭がぼうっとしてしまう。

ヴァーミリオンは満足そうな表情を浮かべて、イサミナの頭を撫でた。

「キスだけでイけたのか。……いい子だ」

「あっ、ぁ……」

彼はまたしてもイサミナの唇を貪り始めた。このままではまた達しそうだが、イサミナは拒絶できない。

ただ、必死で彼にしがみついた。

第三章　その聖女は天使を偽る

隣村の聖女と天使がやってくる日になった。イサミナはひとりで村の入り口に立つ。

大丈夫なはずだと自分に言い聞かせるが、どうしても緊張してしまう。聖女たちに早く来てほしいような、ずっと来ないでほしいような、不思議な気持ちだった。

そわそわしながら待っていると、手紙に書いてあった時間通りに聖女と天使がやってきた。聖女はイサミナの姿を見て駆け寄ってくる。

「ごきげんよう！」

「こんにちは、聖女様。ようこそ、おいでくださいました」

礼儀正しく頭を下げたところ、彼女は首を横に振った。

「まあ、聖女様だなんて。あなたも同じ聖女になったんでしょう？　これからは名前で呼んでほしいわ。わたし、フィグネリアっていうの」

「わかりました。フィグネリア様と呼ばせて頂きますね」

今まで、彼女の名前を聞いたことなど一度もなかった。誰もが「聖女様」と呼んでいたから、知る必要がなかったのである。初めて知ったその名前は可憐な響きで、優しい雰囲気の彼女によく似合っていた。

「様はやめて！　せめて、さん付けにしてほしいわ」

「は、はい。それでは、フィグネリアさん」

言われた通りにすると、フィグネリアは嬉しそうに微笑む。

「私の名前はイサミナです」

「よろしく、イサミナさん。毎週見ていたと思うけど、改めて紹介するわ。こちらが、わたしが召喚した天使のキーレ。彼のことも名前で呼んでちょうだい」

フィグネリアに紹介されたキーレが、にこりと微笑みかけてきた。

彼もヴァーミリオンに負けず劣らず美形である。日差しを受けた水色の髪がきらきらと輝いて、まるで宝石みたいだ。下着を穿いていないとはとても思えない。

「キーレです。この村には毎週来ていましたが、あなたとこうして話すのは初めてですね」

物腰柔らかにキーレが話しかけてくる。

今まで、彼がただの村人だったイサミナを気にかけることはなかった。聖女になったから、こうして言葉を交わせるのだろう。

「この村に聖女が現れ、フィグネリアはとても喜んでいるのです。今まで付近に聖女はいなかったので、実は寂しい思いをしていたのですよ。どうか、聖女同士フィグネリアと仲よくしてくださいね」

「はい。こちらこそ、よろしくお願いします」

彼の言葉に、なんだか母親のようだと感じながらイサミナは頷いた。どうやらこの天使は、フィグネリアのことを大切に思っているらしい。

「ところで、あなたの召喚した天使の名前はなんというのでしょうか？」

「……ヴァーミリオンです」

ぎくりとしつつ答えると、キーレは小首を傾げる。

「ヴァーミリオン……ですか？」

「あら？　キーレの知ってる天使様なの？」

「いいえ、そのような名前の天使には会ったことがありませんね。でも、天界は広いですから」

彼の言葉に、イサミナはほっと胸を撫で下ろした。

事前にヴァーミリオンから「天使は沢山いるので、全員を把握しているわけがない」と聞いていたが、その通りだったようだ。

「ヴァーミリオンは村の広場にいます。どうぞ、こちらへ」

イサミナが案内をすると、フィグネリアたちがついてくる。ヴァーミリオンを見たキーレはどんな反応をするのだろう？　イサミナは不安に思いながらも、広場へと向かった。

そこでは、翼を隠したヴァーミリオンが村の子供たちと戯れている。

普段の様子を見せるとはいえ、第一印象は大事だ。子供と触れ合う姿は性格がよさそうに見えるはずだと、わざとヴァーミリオンと子供たちを一緒にしたのである。

子供たちはヴァーミリオンと遊べて楽しそうだった。背が高く、がっしりとした彼の体を登っている子供もいれば、腕にぶら下がっている子供もいる。

「あら？　あそこにいらっしゃるのがヴァーミリオン様？」

フィグネリアに聞かれて、イサミナは「そうです」と答える。

「まあ、素敵。ヴァーミリオン様はこんな風に子供たちと遊んでくださるのね！」

フィグネリアはかなり好感触のようだ。しかし、キーレを騙せなければ意味がない。

イサミナがそっとキーレの表情を窺うと、彼は眉根を寄せてヴァーミリオンを見ていた。

「どうしましたか、キーレ様？」

あえてイサミナは訊ねる。

「いえ……。確かに人間ではない気配がしますが、これは……」

戸惑いを見せながら、キーレがヴァーミリオンに近づいていく。

「ごきげんよう、ヴァーミリオン。わたくしはあなたと同じく、天使のキーレです。失礼ですが、あなたの翼を見せて頂けますか？」

いきなり核心に迫ってきたと、イサミナはどきりとした。天使としてなにか思うことがあるのかもしれない。

「わかった」

ヴァーミリオンは子供を腕にぶら下げたまま黒い翼を広げた。それを見てキーレが後ずさる。

「なっ……これは、悪魔の翼じゃないですか！」

イサミナが説明しようとするより先に、ヴァーミリオンの腕にぶら下がっていた子供が答えた。

「違うよ、天使様だよ」

「修行のために、わざと翼を黒くしてるんだって！」

子供たちの援護射撃に、イサミナは心の中で「よし！」と拳を握る。イサミナが説明するよりも、子供たちが答えたほうが説得力があるだろう。

なにかあったら口添えしようと、イサミナは注意深く耳を傾けながら動向を見守る。

「天使……？　そんなはずはありません。この黒い翼は、どう見ても悪魔のものではないですか！」

キーレの表情がどんどん険しくなっていく。

「天使様だよ！　だって、困ったときに助けてくれるもん！」

「お菓子もくれるし、あたしたちと遊んでくれるの！　悪魔だったら、遊んでくれないでしょう？」

「なんだか、あっちの天使様のほうが怖いよぉ……」

子供たちは厳しい表情をしているキーレのほうを恐ろしく感じたらしく、彼から隠れるようにヴァーミリオンにしがみつく。

「な……！」

今まで天使として崇(あが)められていた彼にしてみれば、こうして怖がられるのは初めてのことに違いない。キーレは動揺を見せた。

ここからは自分の出番だと、イサミナが口を開く。

「キーレ様。驚かれたと思いますが、彼は本当に天使なのです」

「しかし、あの黒い翼は……」

「彼は高位の天使であり、わざと悪魔の姿をして自(みずか)らを苦境に置くことで徳を積んでいるのです」

「わざと悪魔の姿を？　そんな天使の話は聞いたことがありませんし、そうした行為で徳が積めるとは思いません」

キーレはきっぱりと言い切った。天使は簡単に騙されてくれないらしい。

とはいえ、想定内の展開なので、イサミナは動揺を見せずに堂々と話し続ける。

「ええ、私も最初は信じられませんでした。しかし彼は、困っている人がいれば助け、こうして村の子供にも優しくしてくれます。そもそも、私がヴァーミリオンを召喚したのは一週間以上も前のことです。彼が悪魔だったら、この村はすでに滅んでいると思いませんか？」

「……っ」

「そうよ、キーレ。あまり失礼なことを言わないで」

驚くことに、フィグネリアが口を挟んできた。

「わたしたちの村の村長だって、ヴァーミリオン様に助けてもらったのでしょう？　悪魔が人間を助けると思う？　聖書に書かれている悪魔と彼は、まったく違うわ」

「それは……」

キーレとしては、ヴァーミリオンへの違和感は拭えないだろう。しかし、ここまで周囲の人々が彼を天使だと言い張る状況下で、悪魔だと確信できるはずがない。ヴァーミリオンは一般的な悪魔像とはかけ離れているのだ。

「大体、あなたのほうが怖がられているじゃない。見て、子供たちが怯えてヴァーミリオン様にしがみついているわ。彼が本当に悪魔だったら、子供たちが天使より悪魔に助けを求めてるってことでしょう？　それって天使としてどうなの？」

フィグネリアがやや強い口調でキーレを問い詰める。彼女をふわふわした女性だとばかり思っていたものの、意外と厳しいことを言うようだ。イサミナは呆気にとられてしまう。

「……っ、失礼しました」

キーレは謝罪を口にすると、ヴァーミリオンと子供たちから離れる。明らかに納得していない表情だが、この場は引いてくれるらしい。

「まったく、あなたは頭が固いんだから……。そんな風だから、ヴァーミリオン様みたいに子供になついてもらえないのよ。親しみやすくなってと、普段から言っているでしょう」

フィグネリアがキーレに説教を始める。

つい先ほどは、キーレをフィグネリアの親みたいだと思った。けれど、実際は逆なのかもしれない。

「フィグネリアさん。立ち話もなんですし、お茶でも飲みませんか?」

怒られてしゅんとしたキーレに同情したイサミナは、話題を変える。

「ええ、そうね。わたし、イサミナさんとヴァーミリオン様と、もっとお話ししたいわ」

フィグネリアがにこりと微笑む。そして四人は広場のすぐ横にある村の寄合所に移動した。

お茶の用意をしてテーブルを囲む。フィグネリアは微笑んでいたものの、キーレの表情は硬いままだった。ちなみに、ヴァーミリオンには事前に「あまり話さないように」と言っているので、彼は沈黙を守っている。

「なんだか、村の雰囲気が明るくなったわね」

フィグネリアが嬉しそうに言う。

「ありがとうございます。これも天使様のおかげです。彼が来てくれたおかげで、この村は助かりました」

にこやかにイサミナが答える。

「そうよね。わたしの村も聖女補助金がもらえるようになって、とても暮らし向きがよくなったわ。……って、あら? 聖女補助金をもらうには、早すぎない? 申請してから枢機卿が審査に来るまで、結構時間がかかった気がするのだけど……」

「実は、聖女補助金はまだ申請していないのです。彼の翼の色が黒いことで怪しまれるだろうと、機会を計っていまして」

「それならば、どうして村の様子がここまで変わったのでしょうか。天使が現れただけでは、暮らしぶりはそう変わらないのでは？」

疑っているのか、キーレが厳しく問いかけてくる。

「助けた人たちからお礼をもらえたので、それを分け合っているのです。ヴァーミリオンは徳を積むために、自ら村の外へ出て、困っている人たちを探して助けるのですよ」

徳を積むためというのは嘘だけれど、困っている人たちを助けに行っているのは本当だ。いずれ、その噂がより広まれば、ヴァーミリオンが天使だという信憑性が増すだろう。

「そちらの村長さんを助けたのも、ちょうど困っている人を探しに行こうとしたときだったんですよ」

「……そのことだけど、実は相談があるの。聞いてもらえるかしら？」

フィグネリアはため息を吐いた。

「相談ですか？」

そんなに親しくもないうちからなんの相談なのかと、イサミナは驚く。しかし、これは好機だと、彼女の話を聞くことにした。

「あの日、村長は馬で街まで行く予定だったの。腕のいい職人を見つけに行くって……」

「なんの職人ですか？」

「大工よ。聖女補助金で豊かになったから、村を開拓して大きくしようって……。この辺りは温泉が湧いてるでしょう？　立派な温泉施設を作って、観光に力を入れるつもりみたい」

イサミナの村と同様、隣村にも温泉がある。この国の中で温泉が湧く場所というのは限られているので、観光地にしたいという村長の考えは理解できた。

「そうすれば、村はもっと豊かになりますね」

「豊かになるのはいいことだわ。わたしが死んだら補助金は打ち切られるのだし、それまでに村を発展させることは大切よ。村長は、そのために木を切ろうとしているの」

隣村は盆地にあり、周囲を大きな木々に囲まれている。村を広くするには木を切るしかないだろうが……と、フィグネリアは眉をひそめた。

「でも、切ろうとしている木の一本がご神木なの……」

「えっ」

イサミナは絶句する。

この国は多神教で、至るところに神様がいると信じられているのだ。湖の神や川の神もいるし、木の神もいるとされていて、神が宿る木はご神木と呼ばれている。

「その木だけは絶対に切ってはいけないって言っているの。でも、樹齢何百年というような立派な木ではないから、そうは見えないらしくて……。こんな木に神様がいるはずないと、村長は信じてくれないの」

「そうなのですか……」

聖女に召喚された天使はあちこちで見られるけれど、神様が人間の前に姿を現すことは殆ど（ほとん）ない。だから、多くの人々は神様の存在は認めていても、本当に「そこにいる」のかどうかは、確信が持てないのだ。

「その木には、本当に神様がいるのですか？」

イサミナはキーレに訊ねてみる。

「ええ、おります。人間にはわからなくても、天使にはわかりますから」

キーレははっきりと答えた。

「しかし、本当に神様がいるなら、姿を見せてほしいと言われてしまい……。我々天使とは違って、神様は人前に姿を現すことを嫌います。ですから、わたくしはその木に神様がいる証拠を出すことができないのです」

神様は天使より上位の存在であり、この国において最高位の信仰対象であるものの、必ずしも人間の味方とは言えない。聖書には祟り神の話も載っているし、そうした存在にさせないために神様を崇めている節がある。

神様には逆らってはいけないとされているが、実際にその姿を見たことがある人間は地上に殆どいないだろう。

だから、ご神木を偽物だと疑う気持ちはわかる。けれど、天使の言うことを信じないのはさすがに異常だ。

「天使がご神木だと断言しているのに信じないのですか？」

「村を大きくしたくなくて嘘を吐いてる……って誤解されているのよ。キーレは喧噪が嫌いだから、村が観光地になるのが嫌なんだろうって思われているの」

紅茶を飲みながら、フィグネリアが言う。

「それに、キーレはヴァーミリオン様とは違って近寄り難い雰囲気でしょう？　子供も寄ってこないし、村人もよそよそしいの。キーレもキーレで、わたし以外の人とはあまり話したくないって言うし……」

彼女はキーレに厳しい眼差しを向ける。

「あなたがそんな風だから、信じてもらえないのよ。もっと村人に歩み寄ってちょうだい。こんなに大きい体のくせに人見知りって、おかしいわ」

「……天使は人間を加護しますが、必要以上に仲よくしなければならないという規律はありません」

「もうっ！」

　フィグネリアが頬を膨らませた。

「こんな調子で困っているのよ」

「あの……その木を切ったら一体どうなるのですか？」

　実際に神様のいる場所に危害を加えた話など聞いたことがない。

　気になったイサミナが訊ねると、答えたのはキーレだった。

「あの木に宿る神は気が荒いですからね。おそらく村を滅ぼすでしょう」

「ほ、滅ぼす？」

　イサミナはぎょっとする。

　確かに神様の住む木を切るのは罰当たりだけれど、その腹いせに村を滅ぼすなんて、まるで悪魔みたいだ。神様も悪魔も本質は紙一重だと思ってしまう。

「だから困っているの。なんとか村長を説得しようとしても、信じてもらえなくて……」

「その木だけ残すことはできないのですか？」

「ご神木らしからぬ見た目だし、街道へ道を繋げる邪魔になるって……。わたしたちは村を大きくすることに反対しているわけじゃなく、ご神木だけを切らないよう言っているのに、村長たちの頭の中では観光地化に反対していることにすり替わっているの」

フィグネリアは長いため息を吐く。かなり参っている様子だ。

「なにか、いい案はないのかしら？」

「そうですね……」

隣村の存続の危機ということで、イサミナは頭を働かせる。

「私だったら、すでに神様が怒っていて、祟り(たた)が起きていると言います」

「え？」

「先日、そちらの村長の馬が突然暴れましたが、それを神様の怒りだったということにするんです。それ以外にも、村になにか悪いことが起こるたびに神様が怒っていると言い続けるのです。すでに祟り(たた)が起きているとなれば、その木に神様がいるという実感が湧いてくるのでは？」

イサミナの提案に、フィグネリアはぱちくりと目を瞬(しばた)かせた。

「そんなこと、考えもしなかったわ……」

心清き聖女は嘘を吐くという発想すらなかったのだろう。ひたすら感心している。

「なるほど……。あなたは人を謀る才に長けているようですね」

キーレが冷たい声色で呟いた。まさにその通りなので、内心ひやりとする。

気まずい雰囲気になりかけたところで声を上げたのは、フィグネリアだった。

「正直に説得しても聞いてもらえなかったから、イサミナさんが考えてくれたのでしょう？　どうしてそんな風に嫌みを言うの？　イサミナさんの案はとてもいいわ」

「フィグネリア。あなたこそ、最近わたくしに冷たいのではありませんか？　召喚したばかりのときは、わたくしの言うことを素直に聞いていたというのに……」

「五年前はまだ子供だったの！　今は、聖女として自分で色々と考えるようになったのよ！」

　フィグネリアとキーレが言い争いを始める。ちらりとヴァーミリオンを見ると、彼はくだらないと言わんばかりに、欠伸をかみ殺していた。

「大体キーレは……」

「フィグネリアこそ……」

　お互いに言いたいことが溜まっているようなので、そのままにしておく。中途半端に止めてもまた口論になってしまうだろう。それに、キーレの注意がヴァーミリオンに向けられるより、フィグネリアと言い争っていてもらったほうが都合がいい。

イサミナが打算的な考えでふたりを見守っていると、外から悲鳴が聞こえた。

「助けてっ！」

尋常ならざるその声に、イサミナは寄合所を飛び出し、ヴァーミリオンたちもそれに続く。

イサミナは悲鳴を上げて逃げていこうとする村人を捕まえて訊ねる。

「どうしたの？」

「ごみ捨て場に熊が出た！」

「熊ですって⁉」

イサミナは瞠目（どうもく）した。

確かに、近くの山には熊が生息している。先日ヴァーミリオンが獲ってきた熊も、その山にいた熊だろう。

とはいえ、熊は滅多に人里まで下りてこない。それに、まだ森には沢山の木の実がある時季だ。

だが、熊を呼び寄せてしまう心当たりはあった。

この村は貧しく、滅多に肉を調理しない。

しかし最近は馬や熊など、連日獣を捌（さば）いていた。その血肉の臭いが熊を呼び寄せてしまったのかもしれない。今の時期、風は山に向かって吹くのだ。

「とりあえず、ごみ捨て場に急ぎましょう！」

村の端にあるごみ捨て場に行くと、ごみを背にたたずむ十歳の少年と、それを睨(にら)みつける熊がいた。少年はごみを捨てようとして熊に遭遇してしまったらしい。足下にごみが散乱する中、彼は泣いている。

「……っ！　あの熊は……！」

そこにいたのは灰色熊と呼ばれる大きな熊だった。

灰色熊は獲物を見つけると慎重に狩ろうとする。基本的には獲物だと決めたもの以外には興味を示さないが、狩りを邪魔されると怒り狂い、誰彼構わず襲ってくるのだ。よって、昔からこの国では、灰色熊が出たら獲物に選ばれた者を見捨てて逃げろといわれている。下手に手を出せば被害が大きくなるからだ。

灰色熊は少年を獲物と決めたのだろう。それを見守るように、ゼプと少年の両親、そして震えながら槍と弓を持つ若い男たちが離れた場所に立っている。

「て、天使様！　助けてください！　う、うちの子が……っ！」

ヴァーミリオンが来たことに気付き、少年の両親が懇願(こんがん)してきた。

大きい熊ではあるものの、彼なら簡単に殺せるはずと、イサミナは思ったが――

「それはできません」

キーレがぴしゃりと言い切った。

「我々天使は人間を加護し、力を貸す存在です。しかし、自然の理である食物連鎖には干渉できません。熊は、その少年より上位にいる存在。熊がその子を餌として狩りをしているこの状況には、手を出せません」

「ええっ？」

そんな決まりがあったのかと、イサミナはフィグネリアを見る。彼女は辛そうな面持ちで頷いた。

「助けたいけれど、天使の規律は絶対に破ることができないの。破ろうとすると、体が動かなくなってしまうのよ。……キーレ、動ける？」

「あの子を助けようとする動きだけはできません」

「そんな……！」

イサミナは呆然とする。

少年は天使が自分を助けてくれないことを悟り、大声で泣き始めた。

「助けて、助けてよぉ……！」

我が子の悲痛な叫びに、母親が飛び出そうとする。それを父親が羽交い締めにして引き留めた。

「だめだ！　下手に動けば熊を刺激する」

「でも、あの子がっ！」

「灰色熊を怒らせたら、もっと被害が出るぞ！　俺たちだけで済めばいいが、他の子供たちまで標的にされるかもしれない」

　父親が首を横に振る。

「その通りです。灰色熊を怒らせてしまうと被害は拡大するでしょう。そうなる前に逃げれば、被害を最小限に抑えられます。熊があの少年以外を餌として見ていないこの状況なら、わたくしも皆さんが逃げるのに力を貸すことができますので」

　キーレは淡々と言い放った。

　食物連鎖に手を出せないとはいえ、天使は人間を加護する存在だ。被害が広まる前に、ひとりでも多くの人間を救いたいのだろう。もし熊が他の村人を標的とみなしたら、その時点で助けられなくなるのだから。

　しかし、母親は納得できないようだった。村全体の被害より、我が子の命を優先したいのだ。

「あっ、ああああ！　嫌よ！　私は死んでもいいの！　でも、あの子だけはだめっ！」

母親は必死でもがき、父親の拘束を解こうとする。どれだけ騒いでも、熊は少年から視線を逸らさなかった。物理的な接触がない限りは熊の怒りに触れないらしい。

「さあ、早く逃げるのです」

キーレの言葉に、弓と槍を持っていた若い男たちがその場から逃げ出した。それもそのはずで、彼らが手にしていた武器は熊を倒せるような代物(しろもの)ではない。下手に手を出したところで、熊を怒り狂わせるだけだろう。

母親と父親は動かなかった。ゼプも立ち尽くしたまま少年を見守っている。

ヴァーミリオンもその光景をじっと眺めていた。彼の顔は無表情で、なにを考えているのかわからない。

ただ、この場で彼が唯一あの少年を助けられる存在であることは確かだった。とはいえ、キーレの目前で少年を助けた時点で、天使ではないと証明することになってしまう。

「さあ、フィグネリア。あなたも逃げましょう」

「でも……」

フィグネリアも少年が心配な様子だ。

「あの少年が気になるのですか？　無理です、この状況では天使には絶対に助けられません。……まあ、悪魔なら話は別ですが」

キーレの視線がヴァーミリオンに向けられる。――そう、黒い翼を携えた彼を。

（なんてこと……！　試されているんだわ）

イサミナは確信した。

キーレはヴァーミリオンを悪魔だと思っている。それでいて、わざと煽るようなことを言っているのだ。

おそらくは、召喚者であるイサミナに少年を助ける命令を出させるために。

悪魔が人間を助けるはずはないが、召喚者の命令なら聞くと考えているのかもしれない。

「あなたが悪魔なら、あの少年を助けられますね。しかし、天使なら無理です。我々は規律に逆らうことはできません。そうしようとすると動けなくなりますからね。残酷なことです」

キーレの声が冷たく響く。

すると、「助けて」と泣き叫んでいた少年がなにも言わなくなった。彼は胸を押さえて静かに目を閉じる。

「……っ！」

少年はこの状況を把握したのだろう。自分を助けたら、ヴァーミリオンが悪魔だとばれてしまうのだ、と。

そうなれば、この村はどうなるのかわからない。少なくとも、聖女補助金はもらえなくなり、貧しいままになる。ヴァーミリオンも僧兵に殺され、僧兵にも大きな被害が出るはず。

少年は村の未来と自分の命を秤にかけ、犠牲になることを選んだのだ。

「……ぐっ、う……」

しゃくり上げながら、少年は必死で我慢していた。喉の先まで「助けて」という言葉が出かかっているに違いない。

それでも、村の未来のために懸命に耐えている。恐怖に体を震わせつつ、たった十歳の少年は死を受け入れていた。ぎりっと噛んだ唇の端にうっすら血が滲んでいる。必死で言葉を呑みこみ、立ち尽くす様子を見て、イサミナの胸が痛んだ。

「あっ、あああああああー！」

少年の気持ちは、母親にも伝わった。母親はさらに悲痛な叫びを上げる。

「お願い！　ヴァーミリオン様っ！　助けて！　あの子を助けて！　私はどうなってもいいから、どうか、どうか！」

涙と鼻水を流しながら必死に懇願する彼女に、ヴァーミリオンは眉をひそめた。その表情は心なしか辛そうに見える。

「だめ、だめよ！　その子を食べないで！　私を食べて！　その子はまだ十歳なのよ……っ、うっ、ぅわあああああーっ！」

足をばたばたともがかせ、母親は人語が通じない熊に呼びかける。それでも熊は母親を見ることはない。

その光景にイサミナは心を決める。

（あの子を絶対に助けないと……！　その方法を考えるのが私の役目よ）

ぎゅっと拳を握りしめる。

もしこれが、誰にもどうしようもできない不幸な事故なら諦めがつくだろう。

しかし、今は違う。助けられる状態なのに、わざと見捨てることになるのだ。

あの少年を犠牲(ぎせい)にしてしまえば、その時点でヴァーミリオンはこの村の「天使」になれない気がした。せっかく得られかけていた信頼を失ってしまう。

——なにより、十歳の少年に生を諦めさせてはいけない。

必ず救う。絶対に殺させない。

（なんとかして、キーレ様とフィグネリアさんをこの場から引き離す？　……だめ、キーレ様は絶対にここを動かない。かといって、力尽くで昏倒(こんとう)させるのも悪手だわ）

イサミナはこれまでにないくらい、それこそ死ぬ気で頭を働かせた。

(なんとかして、あの子を助ける理由を考えないと……!)

そのとき、熊が少年に向かって足を踏み出す。

「ああっ、あっ! 私を、私を食べてぇえ!」

食べるなら自分をという、母親の声が空しく木霊する。

心まで切り裂くような慟哭に、イサミナの脳裏に一閃の光が走った。

(食べる……規律……食物連鎖……天使は人間を加護する……、……そうだ!)

イサミナは先ほど若い男が投げ捨てていった弓と矢を拾い上げる。そして、熊に向かってそれを構えた。

「ヴァーミリオン!」

名を呼ぶと、彼ははっとした表情をする。イサミナがなにをしようとしているのか気付いたのだろう。

「あなたがあの熊を倒すんじゃないわ。あなたは私を援護して!」

そう叫び、熊に矢を放った。

実のところ、イサミナは今まで一度も弓なんて使ったことがない。構えも適当なら、矢は熊に飛んでいくどころか無残にも地面に落ちていく。加えて、この弓矢は熊を殺せるような代物ではない。

けれど、そんなことはどうでもよかった。大切なのはイサミナが自分の意思で矢を放つことだ。

その矢に向けてヴァーミリオンが手をかざす。

地面に落ちるはずの矢は重力を無視し、角度を変えて凄まじい速さで熊に向かう。ともすれば、熊を貫くことなく折れそうなその矢は、熊の首を捉えて跳ね飛ばした。頭を失った熊が地面に倒れる。

「え……？」

地響きに驚いた少年は目を開いた。そして目の前で首をなくしている熊を見て、腰を抜かして座りこむ。

「あっ、ああああああああー！」

父親が母親の拘束を解くと、彼女は自分の息子に駆け寄った。

少年が助かった感動の光景であり、フィグネリアはどこかほっとした表情をしている。

しかし、キーレは険しい顔をしていた。

「これは、どういうことです？　天使は自然の理に手を出せません。わたくしだって、隙あらばあの子を助けたいと思っておりましたが、体が動きませんでした。しかし、あなたは動けた。やはりあなたは悪魔なのですね？」

厳しい口調で問いただすキーレ。そこに、イサミナが一歩進み出た。

「いいえ、キーレ様。ヴァーミリオンは食物連鎖を崩していません」

「なにを言っているのです。今、熊に襲われようとする少年を助けたではないですか」

「ええ、熊はあの子を狙っていました。でも、その熊を私が狙っていたのです」

イサミナは堂々と微笑む。

「あの熊は、今日の私の食事です」

「な……！」

キーレが絶句する。

「天使様は我々人間を加護し、未熟なところを補ってくれますよね？　私は狩りがしたいのに、どうしても苦手で、こうしてヴァーミリオンに手伝ってもらっているのです」

「く、熊など食べるのですか……？」

「ええ。最近も食べたばかりです。ほら、そこを見てください」

イサミナはごみ捨て場を指さす。そこには確かに、熊のものと思われる大きな骨の残骸があった。

「あなたが、熊の捕食者というわけですか……」

「ええ。熊は背中に脂がのっていておいしいんですよ」

イサミナはきっぱりと言い切る。そこに、少年の母親が駆け寄ってきた。

「あっ、あああ！　イサミナっ！　ありがとう……ありがとうございます！　天使様！

ありがとうございます！　あっ、あああ、天使様っ！　天使様！」

母親が跪く。顔が汚れるのも気にせず、彼女は頭を地につけたまま感謝の言葉を述べる。

「天使様、天使様ぁ！」

それは、心の底から天使を讃える叫びだった。

規律に従い子供の命を見捨てる天使よりも、子供の命を救ってくれた悪魔のほうが、彼女にとっては尊ぶべき存在なのだろう。

母親が「天使様」と叫ぶたび、キーレが辛そうな表情を浮かべる。その言葉は、本当の天使である彼の心に空しく響いたに違いない。

「ああ、よかった……本当によかった！」

フィグネリアは目の端に涙を浮かべながら、少年の無事を喜んでいた。

「……確かに、無事でよかったです。規律には逆らえませんが、わたくしだって子供が死ぬ様は見たくありません」

ぽつりとキーレが呟く。

「フィグネリア、今日はもう帰りましょう」

そう言うと、彼は村の出口へ向かって歩き始めた。

「あっ、キーレ！　待って！」

フィグネリアが慌ててそれを追いかける。

「私、お見送りしてきます！」

「俺も行く」

熊はもう絶命しているので心配はないだろう。キーレのことが気がかりなので、イサミナとヴァーミリオンも村の出口へ行く。

「……っ」

村から出ようとしたところで、キーレは足を止めて振り返り、ヴァーミリオンを見る。

憎んでいるのか、はたまた羨んでいるのか、その表情を読み取ることはイサミナにはできなかった。

「ヴァーミリオン殿」

彼は初めてヴァーミリオンの名前を呼んだ。

「わたくしは、あなたを認めることはできません。ですが、この村にとってあなたは天使なのでしょうね。……そして、イサミナ」

キーレはイサミナに慈愛の眼差しを向けた。そして、フィグネリアに聞こえないように耳打ちしてくる。

「もしこの目で悪魔がいる決定的証拠を見ていたなら、わたくしたちは国に報告せざるを得ません。天使の建前を崩さずに子供を助けた智計、お見事でした。あなたがあの子を救ったのです」

「……っ！　キーレ様……」

「聖女補助金の申請をした際には、枢機卿がここに調べに来るでしょう。枢機卿は様々な地で天使を見ていますし、聖女補助金欲しさの偽りを数多く見抜いてきたお方です。わたくしは協力するつもりはありません。頑張って乗り越えなさい」

「……っ、はい！」

イサミナは頷く。キーレは「悪魔だと気付いたが黙認する」と言外に伝えたのだ。

（敵対はしないけど、味方もしないってことね）

結局、天使を誤魔化すことはできなかった。それでも彼はヴァーミリオンを認めてくれたのである。

イサミナはフィグネリアを見た。彼女は状況がわかっているのかいないのか、可愛らしく微笑んでいる。

「それじゃ、わたしたちは帰るわね。また相談に乗ってくれると嬉しいわ」

「ええ、いつでもいらしてください！」

手を振って、フィグネリアはキーレとともに歩き出す。その後ろ姿を見送ったあと、ヴァーミリオンがイサミナの頭を撫でた。

「わっ。どうしたの、急に？」

「よくあの状況で打開策を思いついたな。天使の規律なんざ無視して子供を助けろと言うかと思ったぞ。……さすがだ」

ヴァーミリオンが笑う。そこでイサミナは安心しきって、ふっと体の力が抜けてしまった。へなへなと地面に座りこむ。

「お、おい、イサミナ？」

「よかった……助かって、よかった……！」

気が張っていたせいか、今になってようやく安心感に襲われ、はらはらと涙が溢れてきた。情けないことに涙を止められない。

この村を――そして、あの少年を守ることができたのだ。

「……ご、ごめ……、立てない……」

「構わない。……側にいてやる」

ヴァーミリオンは優しい声色で囁く。イサミナが落ち着くまで、彼はずっと背中をさすってくれた。


その夜、熊を倒したことで、再び村を挙げての熊料理となった。ヴァーミリオンが来てからというもの、毎日のように宴が開かれている。

こうして皆で食事をすることで、村人同士の絆がより深まっていく気がした。

「すごいな、お前は！」

「やっぱり聖女に選ばれるだけあるわね！」

村人たちがイサミナの機転を褒め称える。一方、子供たちはヴァーミリオンの周囲に集まっていた。

「俺もすごい矢を打ちたい！」

「弓矢で熊の首を飛ばすの、見たかったー！」

話を聞いた子供たちがわいわい騒いでいる。その光景を見ていると、イサミナの涙腺が再び緩みそうになった。

この光景を守るために、より精進しなければと決意する。

——そのときだった。

「え……？」

ヴァーミリオンの体が傾ぐ。倒れはしなかったものの、彼は地に膝をついた。その顔は青白い。

「ヴァーミリオン！」

イサミナが駆け寄る。どうしたのかと、村人たちが周囲に集まってきた。

「……なんでもない。力を使いすぎて疲れただけだ。……俺は家に戻る」

確かに彼の表情には疲労が滲んでいる。

「わかった、私も帰るわ」

イサミナは彼を支えて立ち上がらせた。足下がおぼつかなくて心配になる。

だが、彼はイサミナに寄りかかることなく、ひとりで歩き始めた。悪魔としての矜持なのかもしれない。そんな彼に村人たちが声をかける。

「ゆっくり休んでくれよ！」

「ヴァーミリオン様、お疲れ様です！」

「イサミナ、家に帰るならこれを持っていって！　冷めてもおいしいから！」

イサミナは料理の一部を持たされる。あれもこれもと渡されて、あっという間に両手が塞がってしまった。重いけれど、これは村人たちのヴァーミリオンへの気持ちの重さでもある。皆彼を心配しているのだ。

「じゃあ、みんな、おやすみ！」

イサミナはそう言うと、料理を抱えて家へ戻る。ふらつきながら家の中に入ったヴァーミリオンはまっすぐベッドに向かい、どさりと倒れこんだ。

「だ、大丈夫……？」

「……無理そうだ」

今まで聞いたことがないほど掠れた声に、イサミナは戸惑う。

「熱でもあるの？」

うろたえつつ彼の額に手を伸ばすと、腕を掴まれた。そのまま引き寄せられて唇を貪られる。

「ん……っ！」

もしかして、生気が不足していたのだろうか？　そう思ったイサミナは彼に身を任せ、好きなようにさせる。

「はぁっ、ん……」

吐息も全て呑みこまれるくらい激しく長い口づけのあと、ようやく唇が離れていった。

彼の顔色は少しだけよくなったように見える。

「よかった……」

イサミナは安堵するが、ヴァーミリオンの表情は晴れない。

「どうしたの?」

「いや……。お前に話しておくことがある」

いつになく真剣な様子の彼に、イサミナは姿勢を正す。

「俺は今回、初めて人間の世界に召喚された」

「そうよね。すでに召喚されていたなら、僧兵に退治されていたでしょうし」

「まあな。……そして、召喚されたのが初めてでも、悪魔は召喚者から生気をもらわなければ生きていけないという知識はある。だが、俺はちゃんとした生気をもらわずにどこまで保つのか、具体的にはわからなかった」

ちゃんとした生気をもらうというのは、つまり性交をするということだろう。彼を召喚してからというもの、淫(みだ)らな行為をされてはいるが、最後までした経験は一度もなかった。

「最後までしなくても、快楽を伴(ともな)う接触である程度の生気は得られていたから、それで保つと思っていた。それでも先ほど、なんの予兆もなく限界がきた。今日使った魔力は少しだったのに……」

「そうだったの……」

「このままでは、俺は保たない。召喚者に生気をもらえないと悪魔は消滅する。だから今から、最後までする。……いいか？」

「……っ！　ええ。わ、わ、わかったわ」

とうとう、このときがきたのかと、イサミナは緊張しながら答える。

――いつかは、こうなると思っていた。

ヴァーミリオンはこの村に必要な存在で、彼が消えてしまったら困る。生気を与えたからといって、寿命が減るわけではないし、この身ひとつで村が豊かになるのなら、いくらでも差し出そう。これも聖女の役目なのだ。

イサミナは覚悟を決め、まっすぐに彼の目を見る。それなのに、ヴァーミリオンのほうは決まりが悪そうに視線を逸らした。

「ヴァーミリオン……？」

「……っ、いや、その……」

「あっ！　もしかして、私とするのが嫌だったりする？」

以前、「最後までできるかも」と伝えたときは断られた。そのときは気を遣ってもらったと思っていたが、もしかしたらヴァーミリオンにその気がなかったのかもしれない。

イサミナの体は、同じ年頃の女性に比べてだいぶ貧相だ。十分な栄養が摂れなかったせいで、この村の女性は皆そうだった。

最近は肉料理が続いたおかげで体も丸みを帯びてきたものの、劇的に変わったわけではない。彼はイサミナが豊満な肢体になるのを待っていたのだろうか？　だとしたら、申し訳なさすぎる。

「ごめんなさい。私、全然気付かなくて……。この痩せた体じゃ魅力ないものね」

ささやかな胸を見ながら呟く。フィグネリアは胸も尻も大きく、女性らしい魅力的な体をしていた。彼女の隣に並んだ自分は、さぞかし貧相に見えただろう。

「違う、そうじゃない」

イサミナは落ちこむけれど、ヴァーミリオンはすぐに否定する。

「え？」

「……っ、実は……」

彼は何度か言いかけては言葉を止める。しかし、やがて消え入りそうな声で囁いた。

「お前が初めてだと言うから……、……た、大切にしてやろうと思っていた。こんな切羽詰まった状況で奪うはずではなかった」

「ひえっ⁉」
　驚きのあまり、イサミナは変な声を上げてしまう。全然可愛くない声だ。
「えっ？　……ええっ⁉」
　イサミナの顔がみるみるうちに赤くなる。だが、ヴァーミリオンの顔はイサミナより
もっと朱に染まっていた。
「大切にって……？　な、なんで？　今までも大切にしてくれたと思うけど……？」
　彼は生気を得るために、出会ってすぐのイサミナの体に触れてきた。それでも、なん
だかんだで痛いかどうか確認してくれる。イサミナが嫌がることも、無理なこともしな
いでくれた。
　もとより、悪魔にとって生気を得る行為は必要なものである。
　それにもかかわらず、彼は最初から全てを奪わなかった。それだけで十分なのに、な
お、大切にしたいと思ってくれていたとは——
（……っ！）
　イサミナは胸がそわそわした。なんだか体が熱い。
　自分の思考を整理しきれない彼女に、ヴァーミリオンは言葉を続けた。
「それに、俺は自分のものに対して執着心と独占欲が強い。最初は滅ぼしても構わない

と考えていたこの村だって、今は村人含めて俺のものだと思っている。だから昼間、ガキが熊に襲われそうになったとき、俺のものに手を出される気がして嫌だった」

「あ……」

そういえば熊と対峙した際、彼は少年を助けたがっているように見えた。情が湧いていたのではなく、自分の縄張りを荒らされるのが嫌だったのかもしれない。

「もしお前に手を出して、最後までしたら……俺はお前を俺の女だと認識して、手放せなくなると思う。そうなったら、お前を他の人間に渡せなくなる」

彼はそう言いながら、イサミナに覆い被さってきた。

「人間は人間と結婚し、家庭を築き、日々を営(いとな)んでいく生き物だろう？　だが、俺はお前にそれを許せなくなる。他の男とつがわせず、俺がお前を独占する。……そうならないように、平気ならそのまま耐えようと思っていたが……」

赤朱色(ヴァーミリオン)の目がぐっと細められた。

「限界みたいだ……」

彼の顔が近づいてくるけれど、唇が重なることはなかった。彼の吐息がイサミナの唇をくすぐる。

「いいか……？」

こんな状況なのにわざわざ確認してくる彼に、イサミナは思わず笑ってしまった。

結婚して子供を産んだ女性が聖女に選ばれることもあるので、聖女が結婚してはいけないという決まりはない。だから、天使を召喚したあとに結婚する聖女だって結構いる。

しかし、悪魔を召喚したイサミナは誰とも結婚するつもりはなかった。そもそも、彼に生気を与えるために際どい行為をし続ける必要があるのだし、そんな状態で他の誰かと結婚できるはずなどない。

「いいわよ」

イサミナはきっぱりと答えた。

普通の人間としての幸せは諦めているし、召喚した悪魔がこんなにも優しいなんて幸運だ。彼に全てを捧げることに迷いはない。

「イサミナ……」

ヴァーミリオンの唇が名前を呟くと、残りの距離が一気に詰められた。唇が重なり、深い口づけが与えられる。

「……っむ、ん」

キスをしながらヴァーミリオンはイサミナの背中を撫でた。服を脱がすことなく、大きい手が子供をあやすかのように何度も背筋を往復する。その手つきはいやらしさを感じない、優しいものだ。

（なんか、やばいかも……）

これが悪魔にとっての食事ということはわかっている。

なのに、彼の仕草はまるで恋人のそれだ。唇を食まれつつ背中を撫でられると、好かれていると勘違いしそうになる。

肝心な部分には触れられていないうちから体が熱くなり、お腹の奥がきゅんと疼いた。

毎晩みたいに指で慣らされた蜜口が、ひくりとわななく。

「んっ、ぅ……」

彼の手は一向にイサミナの服を脱がす気配がない。まさか、この期に及んでまだ躊躇しているのだろうか？

そう思ったイサミナは自ら服の紐をほどいた。それに気付いたヴァーミリオンが唇を離す。

「……俺がやる」

「え？　……あっ」

彼の長い指先が器用に服を脱がしていく。そして、彼もまた服を脱いだ。それと同時に黒い翼も消す。

生気を与える際、彼が裸になったことは今まで一度もなかった。召喚したときは腰布を巻いた姿だったし、一瞬だけ中身がちらりと見えてしまったが、今、目の前にあるものは形も大きさも全然違っている。

「……っ！」

太い雄竿には筋が浮き立ち、赤黒い先端には透明な液体が滲(にじ)んでいる。指三本よりも大ぶりなそれにおののいて、イサミナは喉を鳴らした。

怖いけれど、彼がきちんと自分に欲情してくれているのだと思うと、嬉しくなる。

互いに一糸纏(まと)わぬ姿になると、彼は再びイサミナに覆い被さってきた。軽くキスしたあと、その唇は顎から喉、鎖骨、そして胸元へと滑っていく。

「あっ……」

胸の柔らかな肉を彼は優しく食(は)んだ。つんと尖った頂(いただき)を避けるように舌を這(は)わせてくる。

「はぁっ、んぅ……」

彼の口も、指も、胸の先端には触れてこない。片胸を舐められ、もう片方の胸を揉(も)まれ、それでも乳嘴(にゅうし)に刺激が与えられることはなかった。

「やぁ……っ」

いつもは痛くないかどうか必要以上に心配するくせに、こういうときに限って焦らしてくる彼が恨めしい。彼の舌は何度も際どい部分をかすめるだけで、先端まで伸びてくることはなかった。

その代わり、ふうっと息を吹きかけられる。

「ひうっ」

びくりと腰が跳ねた。胸を突き出す格好になり、ようやく彼の口が乳嘴に触れる。

「ああっ！」

やっと、求めていた快楽が与えられた。乳嘴を舐められながら、もう片方の頂も指できゅっとつままれる。

「あっ、あぁ……っ」

ぴりぴりとした悦楽が胸の先端から体中に広がっていく。

舌で押し潰されたかと思えば、赤子のようにちゅっと吸われた。口に含まれたまま舌先でつつかれると、何度も腰が浮いてしまう。

指で触れられている乳嘴はこりこりと指先で弄ばれ、時折引っ張られた。舌と指に翻弄されたイサミナはシーツをぎゅっと掴む。

「あう……っ、ん」

胸を堪能したあと、ヴァーミリオンの唇は下腹部に向かっていった。臍(へそ)をつんと舌で突いてから、彼の手がイサミナの足を割り開く。

そこは十分すぎるほど濡れていて、蜜は太股(ふともも)やシーツにまで溢れていた。まだ触れられていない蜜口がもの欲しそうに震えている。

「……すごいことになってる」

ヴァーミリオンが笑う声に、イサミナは恥ずかしくなって足を閉じようとした。しかし、彼の手に妨(さまた)げられてしまう。

「これなら、すぐにでも挿(い)れられそうだ……」

そう言いながらも、彼がいきなり交わってくることはなかった。

まずは指を一本だけ差しこみ、徐々に増やしていく。ぐずぐずに蕩(とろ)けたそこは、簡単に三本の指を呑みこんだ。

「柔らかいな。ここに、俺のが……」

うっとりとした声を上げ、彼は指を抜く。大量に溢れた蜜をすくい取ると、己の昂(たか)ぶりに塗りつけていった。潤滑油代わりにするつもりなのだろう。

自身の愛液をまぶされ、てらてらと光った欲望の塊(かたまり)を見て、イサミナは頭がくらくらする。

（あれが、私の中に……）

胸はどっ、どっと、激しく鳴っていた。蜜口に先端をあてがわれると、くちゅりと淫猥な音が耳に届く。粘膜同士が接触し、いよいよ彼と繋がるのだと実感した。

「痛いと思う。辛かったら、言ってくれ」

そう呟いてから、ヴァーミリオンはゆっくりと腰を進めた。

「……っ、あ……！」

ぐぐっと、熱く太いものが体の中に押しこまれていく。

しかし、毎晩のように慣らされていたそこは、抵抗することなく彼を受け入れていった。隘路が今までにないほど拡げられる感覚があるものの、痛くはない。

「あっ、あぁ……！」

気持ちいいのか、辛いのか、どちらともつかない感覚。

だが、指では届かなかった部分まで彼が侵入してくると、イサミナから余裕が消えた。

「……っ、ん……痛っ……ぁ」

ずっと閉じていた奥の部分が、どんどんこじ開けられていく。痛みに眉をひそめると、ヴァーミリオンが腰を引こうとした。イサミナは咄嗟に足を彼の腰に巻きつけ、引き留める。

「やめ、ないで……っ」

「お、おい、待て。もっと、ゆっくりするから……」

「十分ゆっくりしてるでしょう。抜いちゃだめ」

「だが……」

「痛いけど、辛くはないの。ここでやめられるほうが苦しいわ」

彼がこれ以上挿れるつもりがないのならと、イサミナは自分から腰を浮かせて、繋がりを深くしようとする。しかし、痛みに「ぐっ」という呻き声が唇から漏れ、体がこわばってしまった。

「馬鹿、無理はするな。……お前の気持ちはわかった。俺がする」

ヴァーミリオンはイサミナに口づけながら、ゆっくりと腰を進めていく。そのたびに痛みが体を襲ったが、嫌ではなかった。

彼は口内の気持ちいい部分を舌で擦ってくれている。それが嬉しくて、ふっと体の力が抜けた瞬間、熱杭が一気に奥まで入ってきた。

「ひあっ！」

彼の腰が密着し、根元まで入ったのだとわかる。痛みはするものの、耐えられる程度のものだ。

「ハァ……っ、イサミナ」

「んっ、う……ぅん」

ヴァーミリオンの口づけが急に激しくなる。彼は腰を動かすことはなかったけれど、口内を貪り、舌の根まで強く吸い上げた。

そうしてキスをしつつ背中を優しく撫でてくれる。さらに頭も撫でられた。

（こうされると、本当に恋人みたい……）

イサミナもお返しとばかりに彼の背中を撫でる。すると、彼のものが中でぴくりと反応した。

「あっ！」

「……っ！　わ、悪い。だが、背中はやめてくれ」

ばつが悪そうに彼が言う。

「背中？　……だめ？」

嫌がっている風には見えなかったので、イサミナは再び彼の背中を撫でてみた。翼は消えているものの、翼の付け根の辺りに触れてみる。そのたびに体の中にある塊がぴくぴくと反応した。

「もしかして、これ、気持ちいいの？」

思いきって訊ねたところ、彼は小さく頷いた。その様子が可愛くて胸がしめつけられる。

調子に乗って何度も背中を撫でると、肩を甘噛みされた。

「んうっ！」

「だめだ。動きたくて我慢してるこっちの身にもなってくれ」

「……動いていいのに」

イサミナは笑ってみせる。

「痛いけど、辛くはないし嫌じゃないの。それに、痛みもましになってきたから」

確かに奥の部分は痛いけれど、彼の指で慣らされた部分は痛くない。それどころか、擦（こす）ってほしいと主張するかのように媚肉（びにく）がひくついている。

「無理はしていないか？」

「大丈夫」

「……動くぞ。辛かったら、ちゃんと言えよ」

ヴァーミリオンがゆっくりと腰を動かしていく。その動きにつられて新たな痛みが生まれたが、やはり辛くはない。

彼は、これまでの行為で見つけていた気持ちいい部分を擦（こす）るみたいに腰を押しつけてきた。

「っ、あ……っ、あぁっ！　んぅ……！」

イサミナの口から嬌声がこぼれ落ちる。その声には確かに、快楽の色が滲んでいた。

「く……っ、中、キツいのに、柔らかく吸いついてきて……ッ、ア……」

(うわ……！)

ふとヴァーミリオンの顔を見たイサミナは瞠目する。

もともと人外特有の美しさを備えていたが、そこに色気が加わり、酷く扇情的な表情をしていた。掠れた声にも艶があり、思わず聞き入り、見惚れてしまう。

無意識のうちにきゅっと彼をしめつけると、「あっ」と艶めかしい声が聞こえる。

「――ッ、だめだ、もう……我慢できそうにない。もっと動いて、お前の中を感じたい……」

ヴァーミリオンがぎゅっと唇を噛みしめる。痛みを感じているイサミナよりも、彼のほうがよほど苦しそうだ。

「動いていいよ……」

快楽を得られたら、彼はどんな表情をするのだろうと思うと、それが見たくなった。

「……なるべく、優しくするつもりだが……できなかったら、すまない」

ヴァーミリオンはそう言うと、イサミナの体を挟むように両手をつく。そして奥を穿ってきた。

「ああっ！　あっ！」

細い体ががくがくと揺さぶられて、イサミナは予想以上の衝撃に翻弄（ほんろう）される。熱の塊（かたまり）が初心（うぶ）な媚肉（びにく）を擦（こす）り、最奥を穿（うが）たれるとなにも考えられなくなった。

痛みはある。でも、それ以上の快楽が襲いかかってきた。

「んっ、あ……っ！　はぁっ、ん、あぁ！」

イサミナはヴァーミリオンにしがみつく。その背中に爪を立てた直後、びくりと彼のものがイサミナの中で跳ねた。

「馬鹿っ、背中はやめろ……！」

「やっ、わからない……っ、んっ」

なにをやめろと言われているのかも考えられなくて、イサミナは必死で彼にしがみつき、その背に爪を立てる。

「……ッ、ア……、だからそれは……ッ、イサミナ……っ！」

切なそうな呟きとともに、最奥を穿（うが）った彼のものが打ち震えて熱い雄液を吐き出した。

「あっ……」

内側を満たしていく体液の感触に、イサミナはうっとりと目を細める。絶頂を迎えてはいないけれど、どうしようもなく気持ちがいい。

イサミナは快楽に微睡(まどろ)んだまま、何気なく彼の背を撫でる。すると、吐精して少し小さくなったはずの彼のものがもう一度大きくなった。

「ひあっ！」

ぐんと内側を拡げられてイサミナは声を上げる。

「……イサミナ」

彼女に覆い被さっていたヴァーミリオンは、腰を密着させたまま膝立ちになり、上半身を上げた。そのせいで、イサミナの手は彼の背中から離れてしまう。

「お前も気持ちよくしてやる」

彼の手が結合部の上に伸ばされる。ぷっくりと膨らんだ秘芽に太い親指が押し当てられた。

「っんう！」

繋がった状態で敏感な部分に触れられて、イサミナの体が震える。彼は最奥を突かないよう、浅い部分で緩やかに腰を揺らしながら秘芽を弄(もてあそ)び始めた。

「痛くはないか？」

こんな状況でもなお、気を遣ってくれるのは嬉しい。しかし、今は痛みどころではなかった。

「そんなに痛くは、ないけど……っ、んぅ！　やぁっ、そ、そこ……っ」

「ここはイイ場所だろう？」

ヴァーミリオンの指先が器用に包皮を下ろし、赤く充血した秘玉が現れた。敏感すぎるその部分を爪で傷つけないよう、指の腹で優しく転がされる。

「はぁん！　やっ、ああっ！」

強い快楽が迸り、埋められた彼のものをしめつけてしまう。

イサミナの中は先ほど出された精液と奥から溢れてくる愛液が混じり、ぐちゃぐちゃになっていた。軽く腰を揺すられるたび、泡立った体液が外へと押し出される。

「あぁ……っ！　ひうっ、んっ、はぁ――」

秘芽が激しい悦楽を与えてくるけれど、それと同時に熱杭に擦られている内側にも気持ちよさが生まれた。痛みはいつしかなくなり、すっかりほぐれた媚肉が彼のものにねっとりと絡みついていく。

「やぁっ……待って！　お願い……っ、そこ、触られると……っ、あぁ！」

快楽に追い詰められて、どんどん呼吸が荒くなる。涙を溢れさせると、ヴァーミリオンは秘玉から手を離してくれた。

「……わかった」

彼は呟き、今度は臍の下を優しく撫でる。――そう、ちょうど彼のものが埋めこまれている部分だ。

「ここは俺の形になった」

「え……？」

「お前はもう、俺のものだ。――絶対に放さない。俺から逃げられると思うなよ」

彼は愛おしそうにイサミナの下腹を撫でながら腰を揺らす。一番敏感な部分には触れられていないというのに、イサミナの体は快楽を拾い上げていった。

「あっ……？　んうっ、はぁ……っ、あぁ！」

彼の大きな手が腹の上を滑るたびに快感が迸る。感じていることは、イサミナの表情から、嬌声から、そして媚肉の動きから彼にも伝わったらしい。

「中だけで感じているのか？」

「……っ」

多分そうなのだろうと、イサミナは頷く。

「では、これはどうだ？」

ヴァーミリオンは腰の動きを変えた。前後に揺するだけではなく、わざと上壁に擦りつけるみたいに抽挿する。そこはすでに彼の指に開発されていた部分で、より強い快楽を生み出した。

「ああっ！　そ、そこは……っ、あっ、はぁっ……！」

答えられないけれど、その反応で彼は悟った様子だ。

「では、こちらは？」

今度は腰を回される。まだ狭い内側が拡げられる気がして、痛みこそないものの、媚肉がやや突っ張ったような感覚が生じた。ふるふると首を振ると、彼はすぐその動きを止めてくれる。

「これがよさそうだな」

ヴァーミリオンは再び、上壁に剛直を擦りつけた。最奥まではなかなか触れてこないが、時折深い部分がこつんと穿たれる。そうされると、お腹の奥で快楽が弾けた。

「あっ、ああっ、あ……！」

繋がった場所がとても熱く、彼の動きの全てが愉悦を与えてくる。

今まで何度も絶頂を経験していたけれど、繋がったまま達するという未知の感覚にイサミナは少しだけ不安を覚えた。

「やっ……やぁ……！」

届かないとわかっていながら、彼に向かって手を伸ばす。その手は、なにもない場所で空しくもがいた。

「……くそ」

ヴァーミリオンは小さく舌打ちすると、上半身を倒し覆い被さってきた。伸ばした手がようやく彼に届き、イサミナは逞しい体にしがみつく。汗ばんだ広い背中に指が触れた瞬間、彼のものが中でぴくりと震えた。

「っ、ヴァーミリオン……っ」

互いの肌が密着する。彼に抱きつくと、なぜだか安心した。

イサミナは彼の背にしっかりと手を回したまま快楽に身を任せる。頭が真っ白になり、体がぎゅっと硬直する。

「——っ、あ……」

ひときわ強く媚肉が彼をしめつけた。彼の硬さと熱を感じ、より強い法悦が体を満たしていく。

「はぁ……っ、はぁ……」

彼にしがみついていた手が、くたりとシーツの上に落ちる。体中の力が抜けてしまい、ろくに動けない。絶頂の余韻で蜜口はひくつき、まだ硬いままの彼のものをしめつけていた。

イサミナが達するのを見たヴァーミリオンは満足げに笑う。そして、力が抜けて半開きになった唇に己のそれを重ねてきた。

「んうっ」

震える舌の根まで、彼の肉厚な舌に搦め捕られる。

「んむ――っ、んっ、はぁ」

収縮する内側を気遣っているのか、彼は腰を動かさない。それなのに、キスだけは激しい。口の中の弱い部分が全て探られていく。

「イサミナ……っ」

名前を呼びながら、彼はひたすら口づけを繰り返した。もちろん、ずっと繋がったままである。

「ん……っ」

キスを交わしているうちに、イサミナはようやく快楽の檻から解き放たれた。体が動かせるようになり、彼の背に手を回す。

「ッ！」

ぴくりと彼の腰が動き、最奥が穿たれる。

「ああっ！」

「背中は……あまり、触るな」

目を細めながらヴァーミリオンが言った。

「もしかして、嫌？」

「嫌ではないが……」

「気持ちいいんでしょう？」

イサミナは彼の背中に指先を滑らせる。途端、ヴァーミリオンは微かに背筋を反らした。

「……ッ、あ」

彼の端整な唇からこぼれ落ちた吐息は熱を孕んでいる。

調子に乗ったイサミナは彼の背中を撫で続けた。触れるか触れないかの力加減で撫でると、彼のものが体の中でぴくぴくと反応する。自分が彼を感じさせているのだと思うと、嬉しくなった。

もっと気持ちよくなってもらいたいと考えたところで、イサミナの両手は彼の手に搦め捕られる。指先を絡め合った手はシーツに縫いつけられた。

「あっ……」

「悪い手は、押さえておかないとな」

ぎゅっと手を繋いだままヴァーミリオンが腰を突き上げてくる。

「あっ、ああっ！」

ぐずぐずに蕩けきった柔肉が剛直で穿たれる。絶頂を迎えたばかりのその場所は、与えられる快楽をより敏感に拾い上げていった。

「ヴァーミリオン……っ、ああっ、あ……」

「……イサミナ……！」

視線が交わり、再び唇が重ねられる。

「んむっ、ん！」

キスをしたまま奥を穿たれると胸が熱くなる。イサミナも舌を絡め返しながら、ぎゅっと指先に力をこめた。すると、強く握り返されて互いの指の付け根が密着する。

彼の腰の動きがだんだん速くなっていった。激しい突き上げに体を揺さぶられて、快楽が極まっていく。

「んっ、んむっ、ん――」

「――ッ！」

イサミナが再び絶頂を迎えるのとほぼ同時に、ヴァーミリオンも欲望を吐き出した。

またも体内を熱いものが満たしていく。

繋がっている部分が気持ちよくて、ずっとこのままでいたい――そう思っていたものの、余韻に浸る間もなく、彼のものが体の中から抜かれた。

「あ……」

ぼうっとする頭で、イサミナが切なそうに声を上げる。

「だめだ。お前の中が気持ちよすぎて、このまま何度でもしそうになる……」

ヴァーミリオンは自嘲気味に笑うと、イサミナの頬に軽く口づけた。

「十分な生気はもらった。もう大丈夫だ」

そう言いながら彼が手を振る。すると、ふたりの体液でぐちゃぐちゃに濡れたシーツも体も、一瞬で綺麗になった。乾いたシーツに裸の肌が擦れて気持ちいい。

しかし、体内を満たしていた彼の雄液もさっぱりなくなり、もの寂しさを感じた。

「ヴァーミリオン……」

切なさに背中を押されるみたいに、イサミナは彼に手を伸ばす。つい先刻のように指を絡めた。

「イサミナ……?」

「ぎゅっとして……」

抱きしめてと言えばいいのに、子供じみた言い回しになってしまう。ヴァーミリオンはなにも言わず、優しく抱きしめてくれた。

「早く寝ろ。そうしないと……」

「そうしないと？」

ねだるような眼差しを向ける。

ヴァーミリオンは一瞬だけ視線を逸らしたが、まっすぐにイサミナを見つめてきた。

その眼差しは劣情を孕んでいる。――雄の目だ。

『お前が初めてだと言うから……、……た、大切にしてやろうと思っていた』

交わる前、彼が呟いた言葉が脳裏に蘇る。

彼はイサミナのことを大切にしてくれたし、先ほども丁寧にしてくれた。今もイサミナの体を気遣って、やめようとしてくれたのだ。

それがどうしようもなく嬉しくて、もっと触れてほしくて、イサミナは彼に顔を寄せる。唇が重なると、ふたりの体はシーツに沈んでいった。

「どうなっても知らないぞ？」

そんなことを言うけれど、彼は優しくしてくれるとわかっている。だからイサミナは、再び彼に体を預けた。

第四章　その聖女は騙(だま)されない

隣村の天使と聖女の来訪も、無事に終わった。

村人たちはキーレをうまく誤魔化せたたと思っている。イサミナは念のため、村長のゼプにだけは本当のことを伝えたが、返ってきた言葉は意外なものだった。

「確かに、ヴァーミリオン様はこの村にとっては天使だ。幼い子供を救ってくれた」

ゼプは、「天使も認める悪魔だ」とうんうん頷いている。

そんなわけで、緊張していた村の雰囲気もだいぶ落ち着いた。イサミナとヴァーミリオンは相変わらず人助けという名の食料調達に勤(いそ)しんでいる。

食料を得られることは彼にとっても得になるからか、いちいち理由をつけなくても、ヴァーミリオンは人助けを手伝ってくれた。最近では着実に黒い翼の天使の噂(うわさ)が広まってきている。

そんな折、村に手紙が届いた。ここから離れた場所にある村からの手紙で、数年前から赤子や幼子をさらっていく大ワシがいるらしく、巷(ちまた)で噂(うわさ)の黒い翼の天使になんとかしてほしいのだとか。

「とうとう、手紙が届くようになったのか……」

　届いた手紙を囲みながら、村人たちが感無量といった様子で呟く。

　人助けには直接加担していないものの、持ち帰った食べものを調理するのは村人たちなので、彼らの役目も重要だった。ちなみにここ最近、獣を捌く手際がよくなっている。

「ワシは旨いのか？」

「あー、肉食の鳥はそこまでではないと聞くな。おそらく、俺が育てている鶏のほうが旨いぞ」

　養鶏をしている男が答えると、ヴァーミリオンは残念そうな表情を浮かべた。

「なんだ、まずいのか……」

「でも、鳥の肉には変わりない。濃い味付けをして揚げちまえば、そこそこ食えるんじゃないか？」

　まだワシを獲ってもいないのに、村人たちは調理法を相談し始める。

「大ワシと言うが、所詮鳥だから、そこまで大きくはないだろうな……」

「まあまあ！　わざわざ手紙を出してくれたのよ？　倒した暁には、きっとなにか貢ぎものでもくれるでしょう」

イサミナがヴァーミリオンを窘めた。そして地図を見ながらゼプに場所を教えてもらったあと、手紙の差し出し元へと向かった。


手紙を出してきた村は立派な村だった。街と呼んでもいいくらい栄えている。

ヴァーミリオンがわざと黒い翼を顕現させたまま村の中心に降り立つと、たちまち村人たちが集まってきた。かなりの人数で、老若男女、ほぼ全ての村人がいるかもしれない。

その中には赤子を抱いている母親もちらほらいて、大ワシが襲ってこないかと心配になったイサミナは思わず上空を見上げてしまった。

「ほ、本当に黒い翼だ……」

「これが噂の、黒い翼の天使様……！」

近寄り難いのか、村人たちは遠巻きにヴァーミリオンたちを見ている。彼が注目を集めるのはいつものことだが、なぜかイサミナまで注意深く見られている気がした。

（なんだろう、この視線……まるで値踏みするみたい）

粘つくような視線を向けられ、イサミナは不快感を覚える。

すると、ひとりの青年が進み出てきた。

「初めまして、天使様、聖女様。僕はこの村の村長のノアと申します」

「あなたが村長ですか？　随分お若いんですね」

村長と名乗った彼はまだ二十代に見える。イサミナが驚くと、ノアは苦笑した。

「人食いワシの心労で、本当の村長である僕の父は倒れてしまいまして……。命に別状はないのですが、村長業務ができそうにないので、僕が代理で村長をしています」

「そうなのですか……」

心労で倒れるというからには、かなりの被害が出ているのだろう。詳しく話を聞こうとしたところで、ノアが場所を変えることを提案する。

「立ち話もなんですから、寄合所へどうぞ」

「は、はい……」

村人たちの視線が気持ち悪かったので、イサミナは大人しく従った。

寄合所に向かう途中の道はよく整備されていて、村の景観も綺麗である。

案内された寄合所は新しい建物だった。素人（しろうと）ではなく、職人に作らせたであろう立派な椅子に腰掛けながらイサミナは訊ねる。

「この村は豊かみたいですね」

「ええ。実は去年まで聖女がいたのです。補助金のおかげで、かなり暮らしぶりはよくなりました」

聖女補助金はこれといった収入源がない村にとって貴重な財源となる。しかし、ノアの言葉には気になる点があった。

「去年までというのは、その聖女の方は……」

「高齢の女性だったので、寿命で亡くなりました。それと同時に天使様も天界にお帰りになりまして」

「そうなのですか……」

聖女が死ぬと、その清らかな魂を連れて天使は天界に帰るといわれている。同時に、補助金も打ち切られるのだ。

悪魔を召喚した自分の末路も気になるが、死んだあとのことを考えても建設的ではない。気を取り直し、イサミナは本題を切り出す。

「それでは、大ワシの話を聞かせてください」

「はい。大ワシはこの周辺の山に住んでいます。月に一度は村に飛んできて、赤子や幼子をさらっていくのです。赤子ならともかく、二歳くらいになると体重も増えますから、巣に運ぶ途中に大ワシが地上に落とし、亡くなってしまうという事故も起きています」

「……っ、それは痛ましいですね……」

人が死ぬ話は聞いていて気分のいいものではない。特に子供のことは胸が痛くなる。

早くなんとかしなければならない。

「それで、大ワシの居場所は見当がついているのですか？」

「近くの山にいることはわかるのですが、巣の場所まではわかりません」

歯切れ悪くノアが答えた。

「山狩りはしたのですか？」

「お恥ずかしい話ですが、聖女が亡くなってから資金繰りに困っておりまして……。凄腕の猟師に依頼するお金も用意できず、なにもできないのです」

「――え？」

ノアの台詞（せりふ）に、イサミナは違和感を覚える。

（もしかしてこの人……。いいえ、この村は……）

引っかかったけれど、それを口にはしなかった。

「それでは、地道に山を探すしかないのですね。私たちは今すぐ山に向かおうと思います。どの山か教えてもらえますか？」

「はい、それはもちろん。しかし、わざわざ遠くからこの村に来て頂いてお疲れでしょう。少し休まれてはどうです？　今、お茶を準備します」

「お構いなく。私たちは一刻も早く大ワシを退治したいのです」

「まああ、そう言わず。とてもおいしいと評判の紅茶ですよ」

有無を言わさずノアはお茶の準備をする。

彼が背を向けた瞬間、イサミナはヴァーミリオンを見た。彼と視線が交わってすぐ、口元を押さえて首を横に振る素振りをする。イサミナの意図が伝わったのだろう、彼は小さく頷いた。

「はい、こちらをどうぞ」

ノアが紅茶を差し出してくる。香りのいいお茶だ。

「ありがとうございます」

イサミナは微笑んでカップに手を伸ばす。だが、カップを倒し、紅茶をこぼした。茶色い液体がテーブルの上に広がっていく。

「ああっ、すみません！」

「気にしないでください、すぐに淹れなおします」

「いいえ、結構です。大ワシの被害にあった子供たちのことを思うと心苦しくて、手が震えて……。それに、淹れなおして頂いても、今はお茶なんて喉を通りそうにありません」

イサミナはわざと手を震わせながらノアを見つめた。

「このままでは気分が落ち着かないのです。ですから、まずは大ワシのところに行かせてください」

「……そうですか」

終始にこやかにしていたノアだったが、彼の目がすっと冷たく細められる。その相貌にイサミナの背筋を戦慄が走り抜けていった。

「では、山への案内人を呼んできますから、ここで待っていてください」

「はい」

イサミナは素直に頷く。

ノアが寄合所を出ていくと、ヴァーミリオンが小声で問いかけてきた。

「おい、どういうことだ。なんだ、さっきのは？」

「怪しいから飲まないほうがいいと思ったの。……あの人、嘘を吐いてるわ」

イサミナは正直に言う。

「もらった手紙には、数年前から大ワシの被害に遭っていると書いてあったの。でも、この村の聖女が亡くなったのは去年なんでしょう？　大ワシが現れた時点では、この村は補助金を受け取っていたはずなの。それなら、有名な猟師に大ワシ退治を依頼することができたんじゃない？」

「なるほど」

「大ワシが手強くて、猟師でも退治できなかった……ならわかるんだけど、依頼できなかったと言っていたでしょう？　なんだか、おかしいわ」

イサミナは首を傾げる。

「それに、私たちがこの村に降りたとき、子供も集まってきてた。大ワシが来るかもしれないのに、子供を連れて外に出る？　目の前で餌として子供がさらわれたら、私たちは手出しできないのよ？」

黒い翼の天使は武闘派として噂が広まっていた。人間では手出しできない凶悪な獣も退治してくれると評判なのだ。

それでも、ヴァーミリオンは「天使」という建前がある。

キーレに天使の規律を聞いてからというもの、害獣駆除に対しては、狩る直前に人間を餌として襲っていないかどうか必ず見極めていた。

……もっとも、イサミナ得意の口上で「あの獣は人間を餌として見ているのではなく、恨みがあって暴れているようです。聖女の私にはわかります」などと、退治するのに適当な理由をつけたりもしていたのだが。

しかし、そんな裏事情をノアたちは知る由もない。

いくら武闘派な天使がいたとしても、規律には逆らえないのだから、大ワシがいるのに子供を連れて外に出るなんて迂闊な真似をするとは思えなかった。

「では、奴らはなにを企んでいる」

「それは、まだわからないのだけど……」

そのとき、ノアが寄合所に戻ってきた。彼が連れてきた男は、がっしりとした立派な体躯で迫力がある。

「山に詳しい者を連れてまいりました」

「わざわざ歩いていかなくても、空を飛んだほうが早いです。巣の場所がわかっていないなら、山だけ教えてもらえば、私の天使と一緒に上空から巣を探します」

「いいえ、聖女様。空から飛んでいっては大ワシが警戒します。山までは歩いていくのが得策です」

「……っ」

ノアの言うことは一理あり、イサミナは迷った。

この依頼はどこかおかしいと思っているけれど、決定的な証拠はない。大ワシが実在する可能性だってある。

だから、確実な証拠を手に入れるまでは大人しく従おうと考えた。

「わかりました」

イサミナは頷く。

「では、山に向かいましょうか。　僕も同行します」

そして、イサミナとヴァーミリオン、ノア、山に詳しい男の合計四人で、大ワシがいるという山へ向かった。

山は、村から歩いて三十分の距離らしい。

警戒しているのだろう、ヴァーミリオンはイサミナの後ろをぴったりと離れなかった。

イサミナは緊張しながら足を進める。

山の麓にたどり着くと、ノアが休憩を提案した。

「山に入る前に、少しだけ休みましょう」

確かに歩き続けていたので疲れている。このまま山に入るのは危険だと、イサミナは草の上に腰を下ろした。ヴァーミリオンもその隣に座る。

道案内の男は離れた場所で煙草を吸っていた。ノアは鏡を取り出し自分の顔を確認している。

「村長になってから、身だしなみを異様に気にするようになってしまって……」

そんなことを言っていたが、この状況で鏡を見るなど不自然だった。イサミナの中でどんどん不信感が募っていく。

ノアが鏡に夢中になり、さらに道案内の男がこちらを見ていない隙を盗んで、ヴァーミリオンがイサミナの服のポケットにとあるものを入れてきた。触れた瞬間それがなにか理解し、イサミナは無言で頷く。

そのとき、なにかが動く気配があった。

「ああっ、あれです！　あのワシです！」

「えっ？」

ノアの声に顔を上げると、山から鳥が飛び出してくるのが見えた。一羽だけではなく複数いる。それらは翼を振るうことなく、気流に乗って高く舞い上がっていった。

（あれは――）

鳥を見たイサミナは眉根を寄せる。

「お願いします、天使様！　全て人食いワシの仲間です！　どうか倒してください」

ヴァーミリオンはイサミナを見る。おそらく判断に困っているのだろう。

「ヴァーミリオン、行って！」

どう考えても怪しい状況だが、人食いワシの可能性が少しでもあるならば無視はできない。

イサミナが指示をすると、ヴァーミリオンはワシを追って空に飛んでいく。鳥はばらばらの方向に向かって飛んでいるので、全て倒すのには時間がかかりそうだ。

イサミナは空を眺めながら、頭の中を整理した。

（この依頼は、やっぱりおかしいわ）

実際に鳥は現れたけれど、大ワシが複数いるなら事前にそう言われるはずだ。それなのに、出てきてからいきなり教えられた。

加えて、これから山に入るというのに煙草（たばこ）を吸うのもおかしい。煙草（たばこ）の臭いを警戒して獣が姿を隠すだろうことは、案内人なら知っていて当然のはず。ノアが見ていたあの鏡も気になる。

（もしかして、あの鏡は――）

はっとした瞬間、ノアが近づいてきていた。イサミナは立ち上がると、後ずさって彼と距離を取る。

「どうしました、聖女様？　大ワシが襲ってくる可能性もあるので、僕の側にいてください。お守りしますよ」

「いいえ、大丈夫です。私は子供じゃないのでさらわれることは……っ？」

いつの間にか、道案内の男がイサミナの背後に立っていた。嫌な予感がして彼から離れようとすると腕を掴まれる。

「なにをするの！　放して！」

イサミナが暴れたところで男はびくともしない。片手でイサミナを押さえこんだまま、針のようなものを取り出した。刺繍針よりも少し長めの細い針だ。

針で刺されたくらいで死にはしないが、この状況で出してくるのだから、なにか特別なものなのだろう。毒か、その類が塗られているに違いない。

あの針に刺されてはならないと理解しているものの、男の力には敵わず、無情にも針を首筋に刺された。不快感に眉をひそめる。

「安心してください、痺れ針です。体が動かなくなりますが、命に別状はありません」

その様子を見守っていたノアが口を開いた。毒ではなかったことに安堵しながら、イサミナは彼を睨みつける。

「こんなことをして、なにが目的なの？」

「僕の村には聖女が必要なんです。僕の村の人はみんな贅沢を覚えてしまった。もう、補助金なしの生活には戻れないのです」

「そういうことだったの……！」

イサミナは納得した。どうやら、彼らの目的は聖女と、それがもたらす補助金らしい。

おそらく、村人たちも全員この作戦に加担している。大ワシが存在しないと知っていたから、平気で赤子を連れていたのだろう。

あの嫌な視線の理由もようやく腑に落ちる。イサミナのことを聖女ではなく、新たな金蔓として見ていたに違いなかった。

「大ワシの話は嘘ね？　そもそも、さっき飛んでいたのはタカだわ。鏡の反射で合図をして、山に待機していた誰かにタカを飛ばさせたのね？」

先ほどの鳥が気流に乗って空を飛ぶ様子を見て、イサミナは一目でタカだとわかった。それでも、タカとワシは似ているからノアたちが勘違いしている可能性もある。子供をさらっていたのが、実は大タカだったかもしれないので、ヴァーミリオンを向かわせたのだ。

どれほど怪しくても、優先すべきは子供の命である。しかし、それが裏目に出た。

「おや？　気付いたのですか？」

ノアが感心したように頷く。

「あれは大ワシと呼ぶには小さいし、飛びかただって違うもの。ワシはもっと大きく翼を動かすの。あんな風に翼を伸ばして気流に乗るのはタカよ。……そして、人間の言うことを聞くのもね」

ワシよりもタカのほうが飼うのに向いており、しつければ言うことを聞く。狩りの相棒になるのもタカだ。

子供を餌としてさらうという話なら、ワシのほうが説得力がある。だから手紙で大ワシと書きながら、複数のタカを飛ばしたのだろう。──天使を、聖女から引き離すために。

「あなたは、具合が悪くなって倒れたことにします。そして、それを介抱した僕に好意を抱き、この村に残ると言うのです」

「なにそれ？　そんなにうまくいくと思ってるの？」

「気分のよくなるお薬があるんです。それを呑んだら、僕の言うことをなんでも聞くようになりますよ」

「……っ」

なんてことを考えるのだと、イサミナは絶句した。

──人間にも善人と悪人がいる。

小さな村で暮らしてきたイサミナにとって、ここまで性根の腐った人間を見るのは初めてのことだ。隣村の村長のほうがまだましである。そして、ノアの悪意に触れることで、こんな人間が存在するのだと思い知ると同時に、いい悪魔がいてもおかしくないと思えた。

ノアはイサミナのことを金蔓(かねづる)としか見ておらず、言いなりにするために怪しい薬を使おうとしているとんでもない男だ。彼は悪人と言っても過言ではない。

人間だって善人と悪人の振り幅が大きいのだから、悪魔だってそうだろう。

魔界にはそれこそ「性格のいい」悪魔もいるに違いない。性格がいいかどうかは別として、ヴァーミリオンは悪い悪魔ではなかった。

イサミナの心の中で、ヴァーミリオンへの信頼が余計に強まる。

(とりあえず、今は逃げないと！　痺(しび)れ針はともかく、気分のよくなるお薬なんて絶対にやばいわ)

痺(しび)れ針を刺して安心しているのか、大柄な男がイサミナの腕を掴む力は弱くなっていた。イサミナは掴まれていた手をすっと引き抜き、山に向けて思いきり走り出す。村に逃げても味方はいないだろうから、向かうべきはヴァーミリオンがいる山のほうだ。

「ヴァーミリオン！　ヴァーミリオンっ！」

大声で叫びながら走る。靴が片方脱げてしまったが、夢中で足を動かした。硬い砂と石が容赦なく素足を痛めつけてくるけれど、足を止めるわけにはいかない。ヴァーミリオンの名を何度も呼びつつ、イサミナは走り続ける。

後ろを振り向かなくても、ノアたちの足音がどんどん近づいてきて、距離を詰められているのがわかった。イサミナの足は決して遅くはないが、男の脚力には敵わない。

「はぁ、はぁ……っ」

必死で足を動かすものの、耳に届くふたつの足音が大きくなってくる。荒い呼吸まで聞こえてきた。あと少しで捕まることを悟り、せめて声だけでも届けようとイサミナは叫ぶ。

「ヴァーミリオンっ！」

その途端に追いつかれ、地面に押し倒された。体が地面を転がった瞬間、砂埃が目に入り視界が真っ暗になる。

「ぐっ……」

倒れて無防備になった首筋に、容赦なく二本目の針を刺された。それでもイサミナは声を引き絞る。口の中に砂が入っても気にせず、喉が裂けるのではないかというほどに絶叫した。

「ヴァーミリオン！」

痺れ針を二本も刺しても弱る気配がないイサミナに、ノアたちは面食らっている様子だ。

「効かないだと……？　どうしますか、ノア様。もう一本打ちますか？」

「痺れ針が効きづらい体質なのかもしれない。こうなったら首を絞めて気絶させよう。お前がやると首の骨が折れそうだからな、俺がやる」

ノアの手がイサミナの首に伸びてくる。

（それは、さすがにヤバイわ……！）

首を絞められるなど、一歩間違えれば絶命してしまう。本当は薬なんて効いていないけれど、イサミナは急に痺れが回ってきたふりをして体の力を抜いた。

「おっ、動き回ってようやく効いてきたか？」

地面に倒れそうになったイサミナを男が支える。

「お前はその聖女を連れて先に村へ戻れ。僕の家に運んでおくといい。天使様は僕がうまく誤魔化しておく」

「わかった」

男がイサミナを抱えようとした、そのとき――

「待て」

地を這うような低い声が響き渡った。聞く者全てに恐怖を与える声だ。

しかし、それはイサミナにとっては救いの声である。演技のために閉じていた目を開き、空を仰いだ。

「ヴァーミリオン！」

　黒い翼を開げながらヴァーミリオンが宙に浮いている。彼の手にぶら下がっているのはタカでもワシでもなく、人間だった。タカ匠が使う革の手袋をしているので、おそらくタカを飼っている男だろう。

「イサミナが俺を呼ぶ声が聞こえた。しかも、これは一体どういうことだ」

　ヴァーミリオンは空からタカ匠の男を放り投げる。

　普通なら落下の衝撃で死んでしまう高さだが、魔力を使ったのだろう、男は地面に叩きつけられても擦り傷だけで済んだ。

「て、天使様……っ、こ、これは……」

「……ん？」

　ふと、ヴァーミリオンの視線がイサミナの首に向けられた。針を刺されたので、二カ所から血が流れている。しかも、地面に倒されたから髪も服も砂埃で汚れていた。靴も転がって片足は裸足である。

「貴様ら……誰のものに手を出したか、わかっているのか」

　怒気を孕んだ声に、大の男たちが体を震わせた。

　ボロボロのイサミナを見たからか、ヴァーミリオンは凄まじい剣幕で怒りを露わにし

ている。

彼の憤怒に呼応して、地震のように大地が揺れた。

「私を放しなさい！」

イサミナは自分を捕えている男に声をかけた。男はすぐに言うことを聞き、解放してくれる。

地響きの中、イサミナはヴァーミリオンへ向かっていった。

「落ち着いて、ヴァーミリオン！」

声をかけても怒りは収まらない様子だ。

彼は悪魔でも話が通じるほうだと思うが、それでも本質は人間とは違う。気分次第で人間など簡単に殺すだろう。

そうなったところで、イサミナはいくらでも言い訳を考えられるけれど、それは得策ではない。

イサミナはヴァーミリオンに背を向けてノアたちに叫んだ。

「騙されたことで天使様はお怒りです！　私にはどうにもできません。こうなった天使様を鎮めるためには、お供えものが必要です！　天使が好きな動物である馬を連れてきてください！　それと、お酒も！　ほら、早く！」

「は、はい」

ノアたちは立ち上がり、震える足で村へと走っていく。

イサミナがヴァーミリオンに向き直ると、彼は地上に降りてくる。その顔にはまだ怒りが滲んでいるから、ノアたちをすぐに引き離したのは正解だった。

「殺してやる……！　あいつらを、殺してやる！」

逃げるように立ち去ったノアたちの背中を睨みながら、ヴァーミリオンが言う。

「落ち着いて！　私は大丈夫だから！」

「お前の意見は聞いていない。あいつらは俺のものを傷つけた。……殺す！」

「……っ、ヴァーミリオン！　私はあなたのおかげで助かったのよ！」

イサミナはそう言うと、ポケットの中からあるものを取り出す。

それは、先ほど彼らの目を盗んで渡された彼の髪の毛だった。

以前、盗賊の拠点に潜入した際に、ヴァーミリオンはお守り代わりだと言って髪の毛を腕に結んでくれた。あの日は彼の独壇場で、危険な目に遭うどころか、かすり傷ひとつ負わなかったため、いまいち効果がわからずにいたのである。

しかし今回、彼の魔力が満ちている髪はイサミナの体を守ってくれた。

「痺れ針を刺されたの。でも、この髪の毛のおかげで効かなかった。さすがヴァーミリオンね、頼りになるわ。……心細いから今は側にいてほしいの」

イサミナはヴァーミリオンの服の裾をきゅっと掴む。実際はそこまで恐怖を感じていないけれど、怯えているふりをして彼を見つめた。

「……ちっ」

気がそがれたように舌打ちして、ヴァーミリオンは大きなため息を吐いた。イサミナはひとまずほっとする。

「怪我をしているのはここだけか？」

首に滲む血を指先で拭いながら、彼が訊ねてくる。まだ怒りが燻っているのか、その声は低い。

「ええ、そうよ」

「奴らはなにを企んでいた？」

首の傷が大したことがないと確認してから、彼が問いかけてきた。イサミナは、補助金欲しさに聖女を捕らえたかったようだと簡潔に説明する。

「……というわけだったの。あの人たちは補助金がなくなって困っているわ。そんな村から、お供えものとして馬やらなにやら、色々頂いていくの。……これでいいでしょう？」

イサミナもこの件を簡単に水に流すつもりはない。これから貧しくなっていく村の貴重な資源を奪うのは、それなりの罰になると思えた。

「馬がもらえるんですもの、いいじゃない。お刺身、食べましょう？　生のお肉はおいしかったでしょう？」

「……っ」

ヴァーミリオンはまだ納得していない様子だ。そんな彼に、たたみかけるみたいに言う。

「怒ることないわ。……私は頭が回る上に、頼りになるあなたがいる。私たちなら、大抵のことはどうってことないと思うの。このくらい些細なことよ」

にこりと微笑んでみせる。その笑顔に毒気を抜かれたか、ヴァーミリオンは苦笑した。

「……お前がそう言うなら、殺すのはやめる。……馬の肉も食いたいしな」

ヴァーミリオンの怒気が鎮まっていくのを感じて、イサミナはほっとした。

砂埃を払い落とし、身支度を調えながら食べものの豆知識を披露する。そうして彼の気を紛らわせていると、ノアをはじめとする大勢の村の男たちが手押し車を押してやってきた。そこには沢山の供物が載せられている。

「申し訳ございませんでした！」

「これが、うちの村にできる精一杯の償いです！　どうか、お許しください！」

男たちが一斉に土下座をする。同情を誘おうと、この場に女性や子供を連れてこなかった点をイサミナは評価した。罰せられる覚悟をもって、丈夫な男たちだけで来たに違いない。

そして、一番前にいた男が顔を上げる。その老齢の男はノアに似ていた。

「儂が本当の村長です。このたびは倅がとんでもないことをしでかし、弁明のしようがございません……！　聖女様の御身に怪我をさせてしまうなど、到底許されることでは……」

彼はノアの父親なのだろう。

しかし、その服は村長とは思えないほど薄汚れていて、服の袖からちらりと見える手首には赤黒い紐状の痣ができていた。

「……っ」

そのときイサミナは悟った。

大ワシの心労で倒れたと聞かされたが、実際は聖女誘拐計画に反対し、邪魔しないように閉じこめられていたのではないか？　手首に残る縄の痕が、彼の状況を痛々しく物語っている。

だが、村長は言い訳をしなかった。

「全ては、儂の責任です。ですからどうか、罰を与えるというなら儂ひとりでお願いします」

イサミナの推測が正しいなら、彼は唯一、この計画に加担しなかった者だ。そんな彼に罰を与えるつもりはない。

そもそも、イサミナは怒った天使が人間にどんな罰を与えるのか知らなかった。だが、彼らの怯え具合を見るに、彼らは天使を怒らせた経験があるのだろう。天使は人間を殺さないはずだが、恐ろしい罰を与えるのかもしれない。

イサミナは、微笑みを浮かべて首を横に振った。

「いいえ、供物だけで許しましょう。天使様も、それでいいと仰っています」

「……！　それは、本当ですかっ？」

「ええ。補助金をなくした村からの供物ということで、十分な罰だとみなします」

肉付きのいい馬を見てイサミナは口角を上げる。

「この馬は連れて帰ります。その荷車に載せてあるものは、腐りそうなものは避けて、私の村まで運んでください。急がなくてもいいですが、必ず届けるように」

「は、はいっ！　ありがとうございます！」

村長が再び頭を下げた。

「ところで、ノアさん」

「ひいっ」

　村長の後ろで土下座していたノアが、情けない声を出して顔を上げる。

「私に言うことを聞かせるために、薬を使うと仰ってましたよね？　その薬はどこにありますか？」

「こ、これです……！」

　ノアは懐から巾着を取り出す。すると、それを村長が奪う。

「お前、薬とは、まさか……！」

　村長が巾着を開くと、中には乾いた草が入っていた。イサミナは知らない植物だが、それを見た村長の顔がみるみるうちに赤くなる。

「ノアっ！　お前、なんというものを！」

　村長はノアの頬を殴りつけた。老齢のせいか、はたまたついさっきまで縛られていたからか、その力は弱い。しかし、それが逆に痛々しかった。

「その草はなんです？」

　イサミナが村長に訊ねる。

「これは神酔いの葉と呼ばれるもので、その名の通り、燃やすと神様をも酔わせる強い煙を出すのです。その煙を嗅ぐと気分がよくなったあとに酩酊状態になります。数時間経てば抜けますが、使用するごとに依存性が高くなっていくので、体にいいものではありません」

「そんなものを、私に使おうとしていたのですか」

イサミナはノアに冷たい眼差しを向けながら、巾着を受け取った。

「これは没収します。あと、この葉はどこで手に入れましたか？」

「そ、その山に生えていたのを、栽培して……」

ノアの回答に、村長は再び彼を殴りつける。村長も神酔いの葉を栽培していることを知らなかったのだろう。ノアの顔より村長の手のほうが痛そうで、とても見ていられない。

一連の様子を見る限り、この村長はまともそうだ。なぜノアがこんな性悪に育ってしまったものやら。お金が――聖女補助金がおかしくさせたのかもしれない。

だが、この村に救いを差し伸べるのはイサミナの仕事ではなかった。幸いなことに村長は善人そうだし、今回の件を反省して立ち直るしかないだろう。

イサミナは下手に助言することなく声をかける。

「その場所まで案内してください。神酔いの葉とやらは全て処分します」

◆　◆　◆　◆

煙に細心の注意を払い、山の中にあった畑を燃やしたあと、馬だけを連れてイサミナたちは自分の村に戻った。もちろん、山火事にならないように、ヴァーミリオンの魔力で神酔いの葉のみを燃やしている。

無事に帰ると、村人たちは馬を見て喜んだ。

「こいつはいい馬だ！　食うのがもったいないなぁ……」

馬を家畜ではなく、食べものとみなしている発言である。

（これからどうなるかはわからないけど、とりあえず、この村は食べものさえあれば平和そうよね……）

補助金に味をしめたが故（ゆえ）におかしくなってしまった村を見たばかりなので、村人の様子を見たイサミナはなんだかほっとした。

「肉はまだあっただろう？　しばらく飼っておけばいい」

「ああ、わかった。飼育は任せろ！」

村人は、空（から）となって数年になる馬小屋に馬を連れていく。

通常、肉はすぐ食べるか、加工しなければ保存できない。しかしヴァーミリオンは、その魔力で肉を凍らせることができた。

よって、この村では加工前の肉の保存が可能である。彼の魔力はとても便利で、村人たちは「召喚されたのが悪魔でよかった」と心の底から思っていた。

午後になると、凍らせておいた肉を皆で調理する。一日に一度、村人全員が集まって食事をすることがすっかり根付いたのだ。家族のいないイサミナはひとりで食事をすることが殆どだったから、ずっとこの習慣が続けばいいのにと思っている。

そして夜になると、湯浴みを済ませて一息ついた。今日はとても疲れたけれど、これからもう一仕事ある。

豪奢なベッドには、すでにヴァーミリオンが横たわっていた。彼と初めて体を繋げてからというもの、毎日抱かれている。

「イサミナ」

彼はイサミナを組み伏せて首筋を覗きこんできた。そこには赤い点がふたつできている。

「くそ……あのノアって奴、俺も殴りたかった」

眉をひそめながら、ヴァーミリオンが吐き捨てた。

「天使はそんなことしないわよ。それに、あのお父さんに殴られて、かなりこたえたと思うわよ。痛くないから余計にね」

イサミナは手を伸ばし、彼の頭を撫でる。

「でも、我慢してくれてありがとう。いくら怒ったといっても、天使が暴力的になるのはいけないもの。あなたが大人しくしてくれたから助かったわ」

「……ちっ。子供扱いするな」

舌打ちしつつも、彼はイサミナのしたいように頭を撫でさせてくれる。それがとても可愛い。

「あっ」

手を引こうとして、指先に彼の髪が引っかかり、ぷちっと一本抜けてしまった。

「ごめんなさい！」

「いや、別にいい。……が、前にもこんなことがあったな。もしかして、おねだりか？」

「おねだりって……、……っ⁉　ち、違うわよ！」

意味がわかり、イサミナはぶんぶんと首を横に振る。しかし、指先に絡みついた髪の毛はするすると動いて服の中に潜り(もぐ)こんできた。

「ひあっ！」

一本の髪が肌の上を這う感触に、イサミナは体を震わせる。髪の毛は器用に胸の頂を通ってから下腹部へと向かっていった。

「やっ！　待って、そこは――！」

髪の毛が下着の中に侵入してくる。焦らすことなく、まっすぐにイサミナの一番弱い部分を狙ってきた。しかも、包皮を下ろそうとしている。

「え……ちょっと待ってってば！　それは、だめ……ぇ、あっ、あぁああ！」

花芯の包皮が容赦なく剥かれる。無防備になった秘玉が下着に擦れ、快楽がじわりとイサミナを襲った。

「っ、はぁ……ん」

声に艶が混じり、ヴァーミリオンが笑う。

「今日は気が昂ぶっている。とことん付き合ってもらおう」

彼は意地の悪い笑みを浮かべるけれど、本当はとても優しいことをイサミナは知っていた。だから怖くはない。

「わ、かったわ……っん」

イサミナが微かに頷くと、ヴァーミリオンが首に口づけてきた。ちょうど針で刺された部分に舌を這わせてくる。

「ひうっ」

ざらついた舌で首筋をなぞられ、びくびくと体が震えた。そのたびに剥き出しになった秘玉が下着に擦れて、お腹の奥がきゅんと疼く。

「あっ、あぁ――」

彼は傷痕を舌先でつつきながら問いかけてきた。

「噛み痕をつけてもいいか？」

「……っ！」

今まで何度も肌を重ねたが、甘噛みはされても、痕が残るほど強く噛まれたことはないのでイサミナは驚く。

彼は執着心と独占欲が強いと言っていたし、自分のものとみなしている彼女が他の男に傷をつけられたことが気に食わないのだろう。自分でも痕を残したいに違いない。

勝手に噛めばいいのに、わざわざ聞いてくるのが彼らしい。痕をつけるといっても、そこまで痛くはされなさそうだとイサミナは思った。

「いいわよ」

そう答えると、彼の歯がイサミナの柔らかな肌に沈む。

「ん――」

しかし、痛みを感じるどころか、少々こそばゆい程度の刺激で彼は口を離した。確かに歯形はついただろうが、浅すぎて一時間もしないうちに消えそうだ。

「えっ」

イサミナは拍子抜けしてしまう。

「もっと強くしてもいいわよ？」

「強く噛んだら痛いだろう」

「もうちょっとくらい強くしても、痛くないと思うけど……」

「痕（あと）は残したいが、痛めつけたいわけじゃない」

そう言いながら、今度はイサミナの肩を噛んでくる。それは甘噛みに毛が生（は）えた程度の力加減で、やはり歯形は残るけれど、すぐに消えそうだった。痛いというよりくすぐったい。

イサミナの体に浅くついた歯形を見たヴァーミリオンは満足げだった。イサミナの服を脱がし、自分も服を脱ぐと、体のいたるところに歯形をつけていく。いつの間にか彼の翼は消えていた。

てっきり胸も噛まれると思ったが、そこは優しく舐めるだけだ。胸は敏感な部分なので、他の部分と同じ強さで噛まれても痛く感じるだろうから、彼の配慮が嬉しい。

むしろ、ヴァーミリオンの歯よりも、陰核に巻きついている髪の毛のほうが刺激が強かった。剝かれたままの花芯はつんと硬くしこり、空気に触れることにさえぴりぴりする。

イサミナの体を噛みつつ、ヴァーミリオンの手が下肢へと下りていく。彼の中指がぬかるんだ蜜口に押しこまれ、親指の腹が秘玉を押してきた。

「んうっ！　あっ、あぁっ……！」

「噛まれて感じたのか？　中がすごいことになってるぞ」

二の腕を噛まれながら中をかき混ぜられて、イサミナは嬌声を上げた。くちゃくちゃという淫猥な水音が嫌でも耳に届く。

指を増やし、ヴァーミリオンが訊ねてきた。

「一度、達しておくか？　それとも、もう――」

「……っ、うん、すぐに欲しい……」

イサミナが頷くと、彼は指を引き抜く。ねっとりと指にまとわりついていた蜜を昂ぶったものに塗りつけてから、それを蜜口にあてがってきた。隘路を押し開き熱の塊が侵入してくる。

一気に奥まで貫いてほしかったけれど、ヴァーミリオンはそんなことはしない。いつも最初は必ずゆっくりと挿入してくるのだ。彼は気遣っているつもりだろうが、イサミナにしてみれば焦らされるようでもどかしい。

「あ――」

時間をかけてみっちりと奥まで埋められて、イサミナはほうっと息をこぼした。内側をさらにほぐすみたいに、彼は腰を緩やかに振りながら訊ねてくる。

「どうされたい？」

ヴァーミリオンは気が昂ぶっていると言っていた割に乱暴なことをしないし、こうしてイサミナの気持ちを汲んでくれる。彼の好きにしてほしい気持ちもあったが、心遣いが嬉しくて彼に甘えることにした。イサミナは正直に告げる。

「んうっ、ん……。こういう風に前後に動くのよりも、深く繋がったまま、奥をぐりぐりってされるのが好き……っ」

「――ッ！」

「ひあっ⁉」

イサミナが「好き」と呟いた瞬間、中に埋められた彼の楔が質量を増した。ぐっと隘路を拡げられて、たまらず声を上げる。

「わかった。奥がいいんだな……」

ヴァーミリオンは上擦った声で言うと、根元まで埋めこんだまま腰をぐりぐりと押しつけてくる。熱杭の先端で最奥が刺激され、狂おしいくらいの快楽がイサミナの中で弾けた。

「あっ……！　んぅっ、あ……ぁ、これ、好き……っ」

再び好きだと呟くと、ぴくりと彼のものが中で反応する。

（え……？）

イサミナはヴァーミリオンの顔を見つめた。赤朱色の眼差しには、劣情以外のなにかが浮かんでいる気がする。彼の耳が微かに赤らんで見えた。

（もしかして、好きって言葉に反応してる？）

そう感じたイサミナは、再び口にしてみる。

「はぁっ、ん、こうされるの、好き……。好き、好き……っ」

「……ッ、あ」

好きと言うたび、それに呼応するかのように熱杭が震え、彼の唇から悩ましげな吐息がこぼれる。深く繋がったまま彼のものがびくびくと動くと、甘美な愉悦が体中を満たしていった。

喜んでいるようだし、もっと好きだと言おうと思ったところで、ヴァーミリオンが耳元に唇を寄せてくる。

「俺も、こうするのが——好きだ」

「……っ！」

好きだと言われた瞬間、頭の天辺から足のつま先まで熱くなる。心をぐっと掴まれた気がして、どきどきした。

先ほどイサミナがしたように、ヴァーミリオンがたたみかけてくる。

「ああ……好きだ。……これが、好きだ」

「んうっ！　あっ！」

彼の唇から紡がれる好きという言葉に、体が勝手に反応してしまう。媚肉はきゅうきゅうと彼をしめつけ、奥から溢れてきた蜜が熱杭に絡みついていった。

ヴァーミリオンは、この行為を好きだと言っているだけで、イサミナを好きだと言っているわけではない。そんなことは知っているのに、好きという声が耳に届くたび、心の奥がどうしようもなく疼くのだ。胸が高鳴る。

「好きだ——」

「はぁっ、うっ、あっ、あぁ……っ。わ、私も……好き……っ」

「ッ！　……好き、だ……」

「うん……っ、あっ、す、好き……」

押し寄せてくる快楽に呑みこまれ、言葉が上手に紡げない。頭がおかしくなりそうだ。それでも、途切れ途切れに好きという言の葉を舌に乗せる。

「好き……」

好きだと言うほどに、そして言われるほどに、ふたりの体温が上がっていく。互いの唇からこぼれた好きという音が重なり、心まで蕩けそうになる。

耳元に唇を押し当てられ、ヴァーミリオンの表情は見えなかった。それが少しだけ切なくて、ねだってしまう。

「顔、見せて……っ」

「だめだ」

「お願い……顔を見てするほうが、好きなの……」

「——ッ、くそ……！」

舌打ちをしつつも、彼は顔を上げてくれた。イサミナを見つめてくるその表情は、どこか恍惚としている。額に滲んだ汗が彼の目に入り、赤い瞳が潤んだ。端整な唇が微かに震えながら、熱い吐息をこぼす。

（——っ！）

今まで見たことのない彼の表情に、イサミナは一瞬で虜になった。どくん、どくんと、さらに鼓動が速まる。

「あっ……、好き……」

自然とイサミナは微笑んだ。鏡がないからわからないけれど、気が強い自分にしては柔らかな表情を浮かべたように思える。

ヴァーミリオンはそんなイサミナの表情を見て目を瞬かせたあと、笑った。心なしか嬉しそうである。

「名前を呼んでくれ」

「んっ、ヴァーミリオン……」

「それと、……あの言葉も一緒に欲しい」

「……ヴァーミリオン。こうするのが、す、好き……っ、……っあぁあ！」

彼の求める言葉を紡いだ瞬間、強く腰を押しつけられた。熱杭は最奥を穿ち、下腹部がぴたりと密着する。剥き出しにされた秘玉が彼の下生えに擦れて、さらなる快楽を与えてきた。

「イサミナ……好きだ……」

「あっ、あ、あぁあぁ……っ！」

体の奥で熱が弾け、イサミナは絶頂を迎える。それと同時に彼の欲望も爆ぜ、白濁が中を満たしていった。絶頂の余韻に浸りながら、どちらともなく唇を重ね合う。

「んうっ……」

体に力が入らないけれど、必死になって舌を絡める。繋がったまま口づけ、ようやく快楽の波が引いてきたところでヴァーミリオンが言った。

「……っ、これが……この行為が、好きだ」

「うん……、私も……。私も、こうされるのが好き……」

「……好きだ……っ」

「あぁっ、んっ！　私も、好き……」

再び、好きだと伝え合う。

――それは告白などではない。

そもそも、この情交だって愛があるからしているのではなく、ヴァーミリオンに生気を与えるための、いわば食事のようなものだ。それがわかっていても、体だけでなく心まで感じて、好きという言葉を求めてしまう。言われるほど気持ちいい。

「好き、好き……ヴァーミリオン……、好き……」

「ああ、俺もだイサミナ……。好きだ……、これが、……これが」

奥深くまで繋がったまま、彼はろくに動かない。時折、ぐりぐりと最奥を刺激するだけである。それでも、耳に滑りこんでくる吐息交じりの「好き」という言葉が官能を湧き上がらせた。

「好きだ……」

「好き、好き……っ」

好きと言い合って、何度も達する。

今まで何度も肌を重ねてきたが、そのたびにヴァーミリオンはイサミナの体を気遣い、気持ちよくしてくれた。おかげで行為の際はいつも快楽を感じていたのだ。

なのに、こうしている瞬間が今までで一番気持ちいいと、イサミナは思ってしまった。

何度も絶頂を迎えたあと、ようやくヴァーミリオンが自身を引き抜いた。蕩(とろ)けるようにひとつになっていたから、深い部分まで繋がっていた彼が離れていくことに切なさを覚える。

激しい情交により、シーツは互いの体液でぐちゃぐちゃになっていた。ヴァーミリオンが手をかざすとシーツは一瞬で乾き、イサミナの体に浮かんでいた汗も消える。敏感な部分に巻きついていた髪の毛も、いつの間にかなくなっていた。だが――

「えっ?」

イサミナの内側に放たれた精だけが消えない。いつもは体の中まで綺麗にしてくれるのに、今日はそのままだ。

「ああっ！」

沢山出された白濁液がこぽりと蜜口から溢れて、臀部に伝っていく。

「ヴァーミリオン、こ、これ……っ、んうっ！」

せっかく綺麗になったシーツに新しい染みができてしまった。

「たまには、いいだろう」

「やっ、これじゃ眠れない……！」

体の中にここまで熱い名残があると、いくら疲れていても眠れる気がしない。

「俺は、この眺めがいいと思うんだがな」

「えっ？」

ヴァーミリオンはイサミナの両膝を割り開く。蜜口から流れる精を眺めながら、彼は満足そうに頷いた。

「だめっ……見ないで！」

羞恥を煽られ、秘裂がひくりとわななき、こぽりと白濁を押し出す。粗相しているわけではないが、自身の体から体液が流れる様子を見られるのはどうしようもなく恥ずかしい。

「見せろ」

「……っ、もう！　……ねえ、ヴァーミリオン。もしかして、これを見るのが……好き？」

「――ッ！」

ヴァーミリオンが瞠目した。鎮まっていた彼のものが再び大きくなっていく。

「お前、俺を誘ってるのか？」

「ただ、気になったから聞いてるだけよ。……ねえ、こういうの……好き？」

「……ああ、好きだ」

その言葉とともに、再び灼熱が体に埋めこまれる。彼の体液で満たされた蜜口は、簡単に彼を一番深い部分まで誘った。

「疲れないか？」

「この状態で聞くの？」

イサミナは思わず笑って、「大丈夫」と答える。

「じゃあ、その……」

ヴァーミリオンはそこで言葉を止めて、なにかを求めるような視線を向けてくる。

微笑みながら「好き」と呟き、イサミナは彼の背中に手を回した。

第五章　その聖女は神をも倒す

大ワシの件は嘘だったものの、日々の活動のおかげか、黒い翼をした天使の噂は国中に広まっている。申請するまでもなく、とうとう国のほうから天使がいるかどうか調査に来ると連絡が入った。

いよいよ枢機卿が来訪するのだと、村は緊張していた。

――これで、村の運命が決まる。

枢機卿をうまく欺ければ、この村は聖女補助金を受け取り、豊かになるだろう。しかし、ヴァーミリオンが悪魔だと見抜かれてしまえば、どうなるかわからない。

「補助金欲しさに、偽りの天使と聖女を演じた村や街は今までに沢山あった。枢機卿はその全ての嘘を見抜いてきた人物だ」

枢機卿来訪の日付が書かれた文を見て、ゼプが重々しく口を開いた。

「聖女を偽るのは重罪だ。騙そうとした村や街は厳しい罰を与えられ、その内容が見せしめとして国中に公表されている。イサミナも知っているだろう？」

「……ええ」

イサミナは頷く。

「でも、今までは聖女と天使、両方を偽ってきたのでしょう？　私が持つ聖女のこの痣は、間違いなく本物だわ」

イサミナはそう言って手の甲を見せた。それは紛いものではなく、正真正銘、聖女の痣だ。うっかり悪魔を召喚してしまったとはいえ、イサミナは聖女なのである。

「ヴァーミリオンだって人間にはない力を持ってるわ。空も飛べる。だから、人間が天使だと偽っているとは思われないでしょうけど……。ねえ、村長。悪魔が天使だと偽ったことって、今までにあったの？」

「悪魔が天使のふりをしたなんて話、聞いたことがない」

「そうよね……」

おそらくは前代未聞である。果たして枢機卿を騙しきれるのか、イサミナにも予想ができない。

とはいえ、ヴァーミリオンが人助けをしてきたことは事実である。

「ヴァーミリオン様に助けられた民が教会に寄付をしたという噂もある。外見が天使に見えなくても、今までの実績が後押ししてくれることを祈るしかないな……」

そのゼプの言葉にイサミナは頷く。怪しまれても得意の口上で丸めこむしかないと、腹をくくった。

そして、天使として活動している成果を出すために人助けをし、ついでに食料も調達しつつ、イサミナたちは枢機卿が来るまでの日を過ごす。

枢機卿来訪の前々日に、フィグネリアとキーレがイサミナたちの村を訪れた。近くに同じ年頃の聖女が現れたことが嬉しいのか、彼女はキーレを伴いちょくちょく遊びに来るのだ。

フィグネリアはともかく、キーレには正体がばれているから、最近では村の寄合所ではなくイサミナの家に通すようになっていた。みすぼらしい外見と相反して、魔界製の豪華な調度品が並んでいる室内を見たときの、キーレのなんともいえない表情は忘れられそうにない。

ちなみにフィグネリアは天然なのか、「天使様が暮らす家だもの、村から家具を集めて豪華にしたのね。補助金が支給されるまではわたしの村でもそうだったのよ」と暢気に言っていた。

その彼女はソファに腰掛けてお茶を飲んでいる。ちなみに、盗賊の拠点から頂戴した茶葉なので、かなりおいしいものだ。

「それで、村の開発の件はどうなったの？」

何度も会ううちにすっかり仲よくなり、イサミナとフィグネリアは敬語を使わず気軽に話せる間柄になっていた。聖女の先輩後輩というより、友人関係に近い。

イサミナが気軽に話しかけると、フィグネリアの表情が暗くなる。

「……それが、なかなかうまくいかなくて……。イサミナさんに言われた通り、神様が怒ってるって言ってみたの。信じてくれる人もいたんだけど、村長に嘘だって見抜かれてしまって……」

イサミナとは違い、フィグネリアは嘘を吐くのが下手そうだ。村で起こる悪いことを神の祟りだと信じる村人を見て、心を痛め口ごもったりしたのかもしれない。

「フィグネリア。あなたに嘘は向いていませんよ」

つんとした口調でキーレが言う。言外に、イサミナは嘘が吐くのが上手だという意味が含まれていることは伝わってきた。

とはいえ、彼の嫌みくらいイサミナは平気である。むしろ、褒め言葉として受け取った。

「大工の人との打ち合わせも増えてきたの。このままでは、本当に神様の木が切られてしまうわ。どうしたらいいのかしら……」

フィグネリアが辛そうに俯く。そんな彼女を宥めるようにキーレが背中を撫でた。彼はイサミナには厳しいけれどフィグネリアには優しい。

イサミナはここ最近感じていたことを率直に聞いてみた。

「ねえ、フィグネリアさん。もしかして、村にいづらい？」

「……っ！」

はっとしたみたいに彼女が顔を上げる。

「どうして、それを……」

「うちに来る回数が増えたでしょう？　だから、そうなのかなって思って」

友人に会うにしては、彼女の来訪は頻繁（ひんぱん）すぎる。イサミナたちが留守にしている間にも来ることがあったそうだ。

フィグネリアが自分の村にいたくないのでは……と、イサミナは薄々感づいていた。

もっとも、わざわざそれを聞いたのは今回が初めてなのだが。

「私、思うんだけど……。村長たちが聖女であるあなたの忠告を聞かないなら、いっそ村を出てしまってもいいんじゃない？」

「えっ」

そんなことは考えてもいなかったのだろう、フィグネリアは目を見開く。

「なにも、村を見捨てろと言ってるわけじゃないわ。まずは家出というか、数日だけ村を出てみましょう。それで村長が反省すればいいのよ」

「それは――」

そこまでしてしまってもいいのかと、フィグネリアは戸惑いを見せる。そんな彼女に相反して、キーレはにこりと微笑んだ。

「イサミナ、あなたも少しはまともな案を出せるようですね。フィグネリアは嘘は吐けませんが、村を出ていくことはできるでしょう。わたくしも、あの村長には嫌気が差しています。フィグネリア、一度村を出てみませんか？」

彼は乗り気らしい。天使がここまで言うのだから、隣の村の状況は察するに余りある。

この国において、天使は信仰の対象だ。聖女も天使同等に尊ばれる存在である。

しかし、隣の村は天使と聖女を軽視しているように思えた。もしかしたら、フィグネリアの立場もかなり悪くなっているのかもしれない。

考えてみれば、隣村からの施しは徐々に貧相になっていった。お金があるのに粗末な施ししか寄越さないというのは、聖女の顔に泥を塗る行為である。

この状況は看過できない。

信仰の対象となる天使と聖女がいなくなれば、あの村長だってさすがに考えを改めるのではないかとイサミナは思った。

「とりあえず、数日だけ村を出て様子を見たら？　村を出るといっても、この村に来るくらいでは効果がないだろうし、いっそ遠くまで行ったほうが効果がありそうね。……心当たりはあるわ」

イサミナはノアの村を思い出す。

神酔いの葉の畑は焼いたたし、村に残っていた葉は全て没収した。だから怪しい薬については心配ない。なによりフィグネリアにはキーレがいる。彼が見張っていれば、迂闊(うかつ)なことはできないはず。

それにノアは人でなしだが、彼の父親である村長は話が通じる。

数日の滞在としても、村を気に入れば移住してもらえるかもしれないと、フィグネリアたちを厚くもてなしてくれるだろう。ノアのことだ、隣村に手紙を送って牽制(けんせい)する可能性もある。

いざとなれば、一年の半分を隣村で、もう半年をノアの村に滞在してもいい。そのほうがずっと同じ村にい続けるよりも、余計にありがたみを感じてもらえる気がする。ふたつの村で補助金を分割することはできないだろうか？

明後日(あさって)になったらこの村に枢機卿(すうききょう)が来る。ヴァーミリオンをうまく誤魔化せるかどうかも不安だが、そちらが無事に済んだらこの件を相談してみよう。そう考えているイサミナに、キーレが鋭い質問をしてくる。

「その滞在先とは、まさか大ワシがいると偽った村ではないでしょうね？」

先日の件は雑談ついでに、彼女たちに話していた。彼は訝しげな眼差しをイサミナに向ける。

「そのまさかです」

イサミナはきっぱりと答えた。

「そのような村にフィグネリアを滞在させることには、わたくしは反対です。神酔いの葉を栽培していたのですよね？　あれは本当に神様を酔わせる効果を持つ恐ろしい植物なのです。そんな罰当たりなものを育てていた村だなんて……」

「人間は過ちを犯す存在です。そして、私はその村へすでに罰を与えました。神酔いの葉の畑も燃やしましたし、採取した葉も全て没収済みです。彼らは十分反省しています。その村人たちを正しい方向に導くのは、聖女の仕事だとは思いませんか？」

「……っ」

イサミナがそう言うと、キーレは口をつぐむ。

「第一、今まで天使がいたことのない村に突然滞在すると言っても、相手を混乱させてしまうだけです。しかし、あの村なら大丈夫ですよ。貸しがありますからね、私が口利きすればきっと丁重にもてなしてくださいますよ？」

イサミナは首筋にそっと触れる。もちろん、そこに傷痕は残っていない。

「はっ、イサミナの勝ちだな」

会話を黙って聞いていたヴァーミリオンが、面白そうに呟いた。キーレが表情をゆがめる。

存外、この天使は表情が豊かなのだなとイサミナは思った。

「慎重に決めるべき……って言ってあげたいけど、うかうかしていると木を切られてしまうわよね。フィグネリアさん、今日はもう帰って荷物をまとめるといいわ。そして、明日うちに来て。考えるよりも行動しましょう」

「……っ、わかったわ」

渋々ながらフィグネリアは頷く。村長を説得できなかったし、もう他に方法はないと考えているようだ。

「大丈夫？　私もついていく？」

「ううん、大丈夫よ。気にかけてくれてありがとう。助言、とても嬉しいわ。……数日だけ村を出てみる」

ぐいっと紅茶を飲み干して、フィグネリアは席を立つ。

「今から、村を出る覚悟だって村長と話してみるわ。……相手にしてもらえなそうだけど」

そう言って自嘲気味に笑うフィグネリアに、イサミナの胸が痛む。

週に一度、聖書を読みに来てくれる彼女と天使の姿は輝いて見えた。羨ましいとさえ思っていた。

しかし、実際は村で辛い思いをしていたのかもしれない。酷い扱いを受けているわけではなさそうだが、今の彼女を見る限り、聖女として正当な扱いを受けているとも思えなかった。

「やっぱり、一緒に行く？　私は舌が回るから、あなたの村の村長にだって負けないわよ」

「いいえ、これはわたしの村の問題だから大丈夫よ。イサミナさん、ありがとう。……じゃあ、また明日」

そして、彼女はキーレと一緒に村に帰っていく。

「大丈夫かしら……」

心配そうにイサミナが呟いた。

「お前が出れば話は早いだろうが、それでは村のためにならないだろう。それがわかっているからあの女も断ったんだ。聖女としての矜持を大切にしてやれ」

「……っ、そうね」

ヴァーミリオンがもっともなことを言うので、イサミナは頷くしかない。

「それより、お前は明後日（あさって）の件を心配したほうがいいんじゃないか？」

「そうよね……って、そっちは色々やってきたし、今更できることはないけど。……いよいよ、村の運命が決まるのよね」

イサミナは頭を抱える。

明後日（あさって）のために、ヴァーミリオンは天使として人助けの実績を作ってきた。黒い翼について追及されても、なんとか誤魔化せるとは思う。

大丈夫なはずと考えていても、一抹（いちまつ）の不安がよぎる。枢機卿（すうききょう）の来訪が早く終わってほしいような、ずっと来ないでほしいような、不思議な気持ちだ。

運命の日が迫っているのに、なにもすることがない今の状況がとてももどかしい。

「なにも考えたくない……」

ぽつりと呟いた本音に、ヴァーミリオンが怪しく囁（ささや）く。

「夜はなにも考えずに寝られるようにしてやろう」

◆◆◆◆

「……っう、んぁ……っ、あ……」

ヴァーミリオンは言葉通り、夜になるとイサミナを抱いて快楽の淵に堕とした。

とはいえ、やはり乱暴な抱きかたはしない。丁寧な愛撫で体を十分にほぐしてから繋がる。

「あっ、あぁっ……」

こうして抱かれている間は、余計なことを考えずに済んだ。快楽に身を任せて、楽な気持ちになれる。

ヴァーミリオンの楔が、ゆっくりとイサミナの中を行き来する。焦らすような動きだ。

これはこれで気持ちいいけれど、してほしいことが別にある。

「ヴァー、ミリオン……っ」

イサミナはじっと彼を見つめた。

「どうした？」

ヴァーミリオンは気付かないふりをして聞き返してくる。

「……ね、お願い。奥を……」

「奥もちゃんと突いてるだろ？」

彼のものは緩やかに前後しながら、確かに最奥を突いた。しかし、それではもの足りない。

「そうじゃなくて……」

「ああ……お前が好きなやつをしてほしいのか？」

「……っん！」

好きと言われると、体が反応してしまった。どうも最近、その単語に敏感になっている気がする。

だが、それはイサミナだけではない。

「なあ……、してほしいんだったら、ちゃんと言わないと」

ヴァーミリオンは言葉を催促するように、イサミナの下唇をぺろりと舐めた。

「どういう理由で、してほしいんだ？」

彼が欲している言葉を知っているイサミナは素直に伝える。

「好きだから、してほしい……っ」

「ン……」

彼も彼で、好きという言葉へ過剰に反応する。イサミナの中に埋められた熱杭が一回り大きくなった。

ヴァーミリオンは腰を密着させて、質量の増したそれを最奥にぐりぐりと押しつけてくる。

「あぁっ！　んっ、はぁっ……！　……っ、好き……これ、好き……！」

「ああ、俺もこれが好きだ」

好きと告げることで互いに感情が高まっていく。

あの日、好きという単語に反応して以来、情事のたびにその言葉を言い合うようになった。イサミナから求めることもあれば、ヴァーミリオンがねだってくることもある。

相手に対してではなく、行為そのものに対する感想のはずだが、そんなものはただの建前（たてまえ）だ。

「好き……っ、好き……」

「ああ、好きだ……」

好きと言うのも、聞くのも気持ちがいい。その言葉に強く反応する自分がいる。

（この行為だけじゃなくて……、ヴァーミリオンのことが好き）

イサミナは、自分の中に芽生（めば）えた恋情に気付いた。

——それは、いつからだったのか？

気付くのが遅かっただけで、初めて好きと口にした時点で、すでに十分な好意を抱いていたのだと思う。そうでなければ、好きという単語にあんなに反応するはずがない。

思い返せば、第一印象は最悪だった。

ヴァーミリオンは悪魔である。天使を召喚するはずだったのに、悪魔を召喚してしまったのだから、それはもう絶望した。

しかし、彼は聖書に書かれているような恐ろしい悪魔ではなかった。イサミナの口上を面白がった結果とはいえ、きちんと人助けに協力してくれるのだ。ここ最近は、自身の食欲を満たすためという建前はありつつも、そそのかさなくても力を貸してくれる。なにより、生気を与える行為の影響も大きい。

彼は処女のイサミナを気遣って、なかなか最後までしなかった。未開発な体を丁寧にほぐし、痛くないかをいちいち確認してくれたし、自分の体が保つギリギリのところまでイサミナを抱かずにいてくれた。

『お前が初めてだと言うから……、……た、大切にしてやろうと思っていた』

彼の台詞が、鮮やかに脳裏に蘇る。

よくよく考えてみれば、あのとき彼に恋をしたのかもしれない。言われた瞬間、どきどきしたと同時に、心の底から嬉しかった。

　それでも、彼は普通の人間ではないからと、無意識のうちに恋心から目を逸らしていたのだと思う。よって、イサミナは自分の中に芽生えた恋心に気付くのが遅れてしまった。

　心の底に無理矢理閉じこめていた恋情は、好きという言葉で簡単に溢れてきた。体が反応するのも、彼のことを本当に好きだからである。

　――そして、そう思っているのはイサミナだけではない。

「好きだ……っ、好き、だ……」

　吐息とともに、掠れた声が耳に滑りこんでくる。

「うん、好き……」

　イサミナが好きと言うたびにヴァーミリオンは反応した。彼のものは大きくなって震えるし、その顔もどこか嬉しそうである。赤朱色の眼差しには、特別な感情が見えた。

　行為に対しての言葉という建前があるとはいえ、毎日これほど好き好き言って抱き合っているのだ。聡いイサミナは、恋情を抱いているのが自分だけではないと気付いている。イサミナと同じ気持ちを彼も抱えているのが伝わってきた。同じ熱量が、互いの瞳にこもっている。

（多分、ヴァーミリオンは私を好きなんだ）

イサミナはそう感じる。しかし、わざわざ恋心を伝えるつもりはなかった。

愛し合っていてもそうでなくても、イサミナは彼に生気を与えなければならない。生気を与えるためには、キスも、その先の行為も必須だ。

世間一般的な恋人がする行為をひと通りしているのだから、わざわざ「好きです。恋人になりましょう」なんて宣言する必要性はない。イサミナとヴァーミリオンの関係が変わることなどないのだ。

(それでも……好きって言ったら、なにか変わるのかな?)

ふと、そんなことを考えてしまう。イサミナが目を細めると、ヴァーミリオンが眉根を寄せた。

「余計なことは考えるな」

その呟きとともに奥をこつんと穿(うが)たれる。

「ああっ!」

「お前は、やるべきことをやってきた。今は、気持ちいいことにだけ溺れていればいい」

イサミナがフィグネリアや枢機卿(すうききょう)について考えていると思ったのだろうか? 勘違いしたヴァーミリオンの動きが少しだけ激しくなる。

「あっ、んっ」

「イサミナ……っ、……ッ、これ、好き……だろう？」

「うん、好き……」

好きと言い合い、快楽の淵に堕ちていく。狂おしいほどの官能に包まれて、イサミナはなにも考えられなくなった。

◆　◆　◆　◆

翌日、イサミナの村に大きな鞄を抱えたフィグネリアとキーレがやってきた。彼女はどこか疲れたような顔をしている。

「村長と話してみたんだけど、村の開発を邪魔するつもりかの一点張りで。村を出ていくって告げても、家族や友人のいるこの村を捨てられるはずがないって言われたの……」

「うーん、困るわね……」

イサミナと違ってフィグネリアは優しい。その心根に村長がつけこんでいる気がする。

「あなたの村の村長が、村を開発したい気持ちはわかるわ。補助金の支給がある間に、村を発展させることはとても大事よ」

ノアの村は補助金に頼りきりでなにもしなかったからこそ、聖女がいなくなったあとに困ってしまった。

もともと、聖女補助金というのは、信仰の対象であり宗教の象徴でもある天使と聖女にみすぼらしい環境で生活をさせないよう、村を潤すために与えられるお金である。だから、天使がいる間だけ豊かな暮らしをするというのは、支給用途に合っていた。

とはいえ、一度贅沢を経験してしまうと、元の生活に戻るのが辛くなる。

イサミナの村はまだ補助金をもらっていないが、もしヴァーミリオンが食料を調達してこなくなったら、かつてのような食事ではもう喜べないだろう。貴重な肉を恋しく思うはずだ。

ノアの村を見たおかげで、イサミナは補助金があるうちに村を発展させることの重要さに気付いた。隣村の村長も、村の未来を考えているからこそ開発を計画しているに違いない。

その気持ちはわかるものの、聖女と天使の忠告をないがしろにするのはいけない。多少村から出て行ったくらいで効果がないならば、どうするべきか――

とりあえずフィグネリアたちをノアの村に案内するとして、今後について考えを巡らせたとき、地面が揺れた。

「えっ!?」

大きな地鳴りがし、イサミナは立っていられず座りこむ。フィグネリアも同じだ。

キーレははっとした表情で空を見上げた。

「今、神様のいる木が切られました……！　まさか、こんなに早く切ってしまうとは……」

「ええっ？」

「この揺れは神様の怒りの表れです。……いけない、怒りを鎮めなければ。フィグネリア」

キーレはフィグネリアを抱き上げて宙に浮かぶ。

「私も行きます！」

咄嗟にイサミナが声をかけたが、キーレに拒否された。

「なにを馬鹿なことを……！　あなたたちまで連れていったら、神様を余計に怒らせることになるでしょう。邪魔をしないでください」

「た、確かにそうですが……」

フィグネリアの力になりたいけれど、怒っている神様の前に悪魔を連れていったら、どうなるかわからない。ここで大人しくしているしかなさそうだ。

「わたくしたちの村の民を、こちらに避難させます。あなたはその受け入れの準備をお願いします」

「わかりました！」

　イサミナは了解してキーレたちを送り出す。地鳴りが収まったところで、地震と勘違いして広場に集まってきた村人たちに、隣村で神様の木を切ってしまったらしいと説明した。

「隣の村の人たちが逃げてくるから、受け入れてほしいって」

「そうか。食料は大丈夫そうだな。寄合所に寝床を準備しておこう。寄合所だけでは足りないから、小屋でも倉庫でも、空(あ)いている建物を今のうちに掃除して、使えるようにしておかなければ」

　ゼプが指揮をとり、村人たちが動き出す。寝床といっても、この村にある毛布の量は限られていた。とりあえず夜寝るときに寒くないように藁(わら)を準備する。

「貴重な毛布は子供と妊婦優先だな」

「村長は一番硬い藁(わら)でいいんじゃないのか」

「そりゃあいい！　神様のいる木を切るなんて、反省させないと！」

　村人たちは、冗談を言い合いながら受け入れ態勢を整える。

「ねえ、ヴァーミリオン。盗賊の拠点(アジト)に行ってみない？　なにか、使えそうなものとかが残ってるかもしれないわ」

「そうだな。寝具くらいは残ってそうだ」

イサミナは出かけることをゼプに伝えるために彼を捜す。そんな中、予想以上に早く隣村の人がやってきた。

「……っ！」

その姿を見てイサミナは絶句してしまう。

隣村の人たちは泥にまみれ、ぐしょぐしょに濡れている。水を吸って重くなった服のまま、なにも持たずに逃げてきたらしい。

濡れた服で歩いたからか、体が冷えたようで唇は青紫色になっている。ガチガチと歯を鳴らしている者もいた。

「大変！　とりあえず浴場で体を温めないと！」

逃げてきた人たちを急いで村の浴場に案内する。一度に全員は入れないので、老人や子供、体の弱い者を優先した。

避難民たちの中に隣村の村長を見つけ、イサミナは声をかける。

「一体、なにが起きたんですか？」

いくら疲れていようが、村長には説明義務がある。イサミナが問いただすと彼は口を開いた。

「邪魔されないうちに木を切ろうと思ったんだ。あんな木に神様がいるはずないと思っていたのに、木を切った瞬間、神様が現れた。神様の怒りとともに、温泉が凄まじい勢いで噴出して、村があっという間に水浸しに……！」

どうりで、みんな濡れているわけだと納得する。

「それで、村の人たちの避難状況は？」

「神様は我々を殺すというよりは、村を沈めるのが目的だったようだ。天使様のおかげで、なんとか村人は皆逃げ出せたが……フィグネリアと天使様だけが取り残されて……」

「えっ？」

「いや、取り残されたんじゃない。神様の怒りを鎮めるために残ったんだ……」

寒さからか、はたまた後悔の念からか、村長の顔は真っ青だった。

「すぐに助けに行かないと！」

イサミナは準備をするために一度家に戻る。そのあとをヴァーミリオンが追ってきた。

「なにを考えている？　行ったところで、俺たちができることはないぞ」

役に立ちそうなものを鞄に入れていると、彼に制される。

「実際に見てみないと、わからないじゃない！」

「キーレの奴に来るなと言われただろう？　あいつは一応天使だからな、聖女であるお前がうかうか神の前に来てまきぞえを食らわないように、あえてああ言ったんだ。十中

八九、行ったら死ぬぞ」
「……っ！」

　びくっと、イサミナの肩が跳ねる。しかし、行かないという選択肢はない。

「それでも、なにもしないで見捨てるなんて……！」

「いいか、ひとつ言っておく。天使に神は倒せない。そして、悪魔も神を倒せない。力の差の問題じゃなくて、天使と悪魔は神の前では力を制御されるんだ。体が動かず、神に攻撃をする行為そのものができなくなる。つまり……神を止めるには、お前がその手で倒すしか方法がない」

「私が、倒す……」

　イサミナは自分の手を見た。こんな細腕では、神様どころか普通の人間すら倒せないだろう。

「悪魔の力をもってしても、神という存在が相手ではなにもできない。ただの人間であるお前に一体なにができる？　まさか、神を倒せると思うか？」

　ヴァーミリオンは厳しい口調で言う。

「お前得意の口上だって、怒り狂った神が相手では役に立たない。行ったところで無駄死にするだけだ」

「……っ」

彼の言うことはもっともだ。イサミナは少し考えたあと、聞いてみる。

「ねえ……もし私が死んだら、あなたはどうなるの？　召喚者から生気をもらえなくなって消えてしまうの？」

「召喚者が死んだ場合、召喚された悪魔は魔界に戻ることができる」

「そうなのね。……よかった。私が死んでもあなたは大丈夫なのね」

震える自分を鼓舞（こぶ）するように、イサミナはぎゅっと拳を握りしめた。

「お前、まさか……」

「私になにができて、なにができないのか……。それは実際に行ってこの目で見ないとわからないわ。ここで待っていたら、あのとき助けられたかもってあとで絶対に後悔する。それなら、なにもできないことを確かめに行ったほうが納得できるもの」

「――ッ、俺は行かないぞ？　お前ひとりでなにかできると思うのか？」

「だから、それを確かめに行くのよ！」

イサミナはそう言うと、適当に見繕（みつくろ）ったものを鞄に詰めて、家を飛び出し隣の村へ向かう。

隣村は盆地にあり、下り道だ。イサミナの足なら全力で走れば三十分もかからないだろう。こうしている間にも、すでにフィグネリアが死んでいる可能性だってある。それでも、向かわずにはいられない。

「はあっ、はぁ……っ」

走り続けるうちに息が上がり、下り道を走る負担から膝が痛くなる。体に鞭打ちながら必死に前に進むと、足がもつれた。

「あっ！」

転びそうになって目を閉じる。

だが、イサミナの体は地面にぶつかることはなく、ふわりと宙に浮く。

「くそ……」

ヴァーミリオンがイサミナの腰に手を回し、抱えてくれていた。

「来てくれたの？」

「俺は自分のものへの執着心が強いと言っただろう？　お前は俺のものだ。相手が神だろうが、みすみす殺させるつもりはない」

苦虫を噛み潰したような顔で彼は言う。その様子がなんだかおかしくて、イサミナはつい笑ってしまった。

「なに笑ってるんだ」

「ふふっ、ごめん。でも、なんだかんだ言って来てくれるって思ってた。だって、あなたは私のことが好きでしょう？」

先日考えていたことが自然と口をついて出てくる。こんな状況下ではあるものの、もしかしたら死ぬかもという気持ちもあるからこそ、口を滑らせたのかもしれない。

「なっ……⁉」

ヴァーミリオンの顔が赤くなる。そんな彼にイサミナは言葉を続けた。

「私も好きよ、ヴァーミリオンのこと」

その言葉を伝えられて、妙にすっきりする。それとは対照的に、彼は動揺している様子だ。

「なっ……お、お前！　よりにもよって、なんで今っ、この状況でそういうことを……！」

「死ぬつもりはないけど、その可能性があるから前もって言っておくのよ。言わずに死んだら後悔しそうだしね。詳しい話は帰ったらしましょう。それに、私だって無策で来ているわけじゃないわ」

甘くなりかけた雰囲気を打ち消すみたいに、イサミナは鞄から巾着（きんちゃく）を取り出してヴァーミリオンに見せる。その中身は、以前ノアから没収したものだ。

「神酔いの葉……！　お前、処分していなかったのか？」

「なにかの役に立つかもしれないから、少しだけ取っておいたの。キーレ様だって、この葉は神様を本当に酔わせられるって仰ってたでしょう？」

イサミナがにっと笑うと、ヴァーミリオンは目を細める。

「わかった、付き合ってやる。ただし、俺はお前の命を優先するからな」

「了解。とりあえず、どうなっているのか見に行きましょう」

ヴァーミリオンはイサミナを抱え直して飛ぶ。

「隣村とやらは、このまま道なりにまっすぐ行けば着くのか？」

「ええ。目立たないように、地面すれすれを飛んで」

走ったときとは比べものにならない速度で進んでいく。

あっという間に隣の村が視界に入った。その惨状にイサミナは息を呑む。

「……っ！」

今日は晴天なのに、隣の村の上空には黒い雲が浮かび、局地的に酷い雨風が吹きすさんでいた。村はほぼ水没しており、建物の屋根がちょこんと水面に出ている。

キーレとフィグネリアは高見櫓にいた。フィグネリアは意識を失っているらしく、キーレに横抱きにされたままぐったりとしている。もともと白い彼女の肌がさらに青白く見えた。

そして、キーレたちより高い位置に白い服を着た老人がいた。おそらく、この老人が神様なのだろう。彼は宙に浮いている。

怒りを湛えたその相貌に、イサミナの背中を冷たいものが走り抜けていった。かなりの距離があるというのに、怒れる神の迫力に気圧されて、無意識のうちにヴァーミリオンの服の裾を掴む。

ヴァーミリオンは村から大分離れた場所に降りる。ここなら相手に気付かれず様子を窺うことができそうだ。

キーレと神様はなにかを言い合っているようだが、距離があるので聞こえない。

「なにを話しているのかしら?」

「聞かせてやる」

ヴァーミリオンがイサミナの耳に手をあてた。すると、彼らの会話が耳に入ってくる。

「わたくしは、どうなっても構いません! しかし、聖女だけは助けてください! 彼女は神様の木を切られないように尽力していたのです」

「そんなことは知っておる! 誰が儂の木を切ろうと画策していたのかもな。だが、そやつを含めた村人たちを避難させるのを儂はあえて見逃した。それは、お前と聖女が責任をとると思ったからだ」

「確かに、彼女は村人を助けるためなら、自分の命も惜しくないと思うでしょう。でも、どうかお慈悲を頂けませんか？」

「ならぬ！　聖女と天使、お前たちふたりの命で怒りを鎮めると言っているのだ。これ以上は譲歩しない。なんなら、逃げた奴らを連れ戻し、全員をこの水の底に沈めてもいいのだぞ！」

どうやら、神様はキーレとフィグネリアの命を奪うつもりらしい。

「ねえ、ヴァーミリオン。こんな酷い状況になって、村は十分な罰を受けたと思うわ。村人たちだって命からがら逃げてきたみたいだし、反省しているはずよ。それなのに、神様はなんであんなにフィグネリアたちを殺したがっているのかしら？」

「神は傲慢だ。それに、天界には金という概念は存在せず、魂が価値のあるものとされている。その魂も尊いものであるほど価値が高くなる。あの神は村人たちのどうでもいい魂を沢山奪うより、天使と聖女の高潔な魂を奪うことでこの場を取りなすつもりなんだろう」

「そうなの……」

つまりは、自らが身を寄せる木を切られた賠償として、フィグネリアとキーレの魂を求めているわけだ。本来ならば、神様が罰を与えるべきは木を切る計画をした村長たちである。

「う……」

気を失っていたフィグネリアが目を開けた。

「フィグネリア！　大丈夫……、……でも、わたしの命は、神様の怒りを鎮めるために、どうか……」

「キーレよ、その聖女は死ぬ覚悟ができているようだぞ？　さて、どうする？　このまま水に沈めるか？　それとも雷でその身を焼くか？」

黒い雲に稲妻が走る。

「神様、お願いします。この娘だけはお助けください！」

キーレはフィグネリアの命だけは助けたいと懇願していた。

「ええい、しつこい！」

「……おい、イサミナ。この状況、どうするつもりだ」

「神酔いの葉で酔わせて救い出したところで、正気に戻ったら今より怒ってキーレ様たちを捜すでしょうし、この村の人たちも殺しそうだわ」

「だろうな。力で解決するのが手っ取り早いが、悪魔である俺は神を倒せないし、お手上げだ。お前が得意とする口上も通じるはずがない。つまり、俺たちにはなにもできないぞ」

確かにヴァーミリオンの言う通り、イサミナたちにできることはなさそうだ。フィグネリアとキーレを犠牲とするのが、一番被害が少ないだろう。

改めて、イサミナは「なにもできない」ということを思い知らされる。

それでも、神様に殺されそうなキーレとフィグネリアの姿を目の当たりにして、どうにかしたかった。

「簡単に諦めたくないわ。あのふたりを見捨てたくない。とりあえず神酔いの葉を効果的に使って、なんとか穏便に済ませる方法を今すぐ考えないと……！」

どうすればいいのか、自分になにができるのかを必死で思案する。そんなイサミナの姿を見たヴァーミリオンは、観念したように口を開いた。

「イサミナ。俺は『お前が倒すしか方法がない』と言ったが、倒すっていうのはどういう意味だと思う？」

「え？　倒すって、つまりは殺すって意味じゃ……、……っ！　違うのね!?」

彼に言われて、イサミナははっとした。

ヴァーミリオンはよく「殺す」と口にする。それなのに、神様に対してだけは「殺す」ではなく「倒す」と表現していた。つまり、意味が違うのだ。

「人間や天使、悪魔とは違って、神に死という概念は存在しない。とはいえ、肉体には同様に血が通っているから、肉体が損傷すれば活動は停止する。地上にいる神の肉体がなにかしらの理由で損傷し活動不能な状態になると、地上での記憶を失い、天界で新しい肉体を得て、蘇るんだ」

「ヴァーミリオン、それって……」

「ちなみに、人間が死ぬのと同程度の怪我で肉体活動は停止する」

「……っ！」

ヴァーミリオンは自分に、「神様を倒せ」と伝えているのだとイサミナは悟った。

神様は死なない。神様を「倒す」ことは「殺す」ことではないのだ。

（殺すわけじゃない。倒して天界に帰すことができるのなら、わざわざ神様を納得させる必要はない）

イサミナはぐっと拳を握りしめる。

「ご神木を切られた嫌な記憶なんてなくなったほうが、神様にとってもいいわよね！　つまりは、どうにかして……たとえば不幸な事故を起こして神様を倒せば、全ては丸く収まるってこと。……しかも、私たちは風上にいるわ」

この場所で神酔いの葉を燃やせば、その煙は神様まで届くだろう。神酔いの葉で酔わせたあと、どうすればいいかとイサミナは注意深く周囲を見渡す。

キーレと神様は、まだ言い合いをしていた。もう少し時間はありそうである。

イサミナが「酔った神様の肉体が損傷するような不幸な事故」を引き起こす策を巡らせていると、ヴァーミリオンの手が光り、そこにナイフが現れた。

「魔界の毒が塗られている。強力な毒だ。この刃で刺せば、あの肉体は活動を停止するだろう」

「ということは、この状況を利用して、このナイフが神様に刺さる細工をすればいいのね。ここは風上で、あそこより高い場所でしょう？　だとしたら、役に立ちそうなものは……」

そう言って鞄をあさるイサミナに、彼が訊ねてくる。

「イサミナ。この手で直接神を倒す覚悟はあるか？」

「え……？」

それは、酷く落ち着いた声だった。

「俺はこのナイフをあの神に刺すことができない。……だが、人間なら神を倒せる。事故を演出しなくても、お前の手ならこれを神に刺せるんだ」

「……っ！」

イサミナははっとした。そんな彼女の手に、ヴァーミリオンがナイフの柄を握らせる。

「お前が神を倒すなら、気配を消すのに協力してやる。あんなに怒り狂ってるんだ、神酔いの薬を使えばうまく誤魔化せるだろう。非力な人間を神の側に運ぶくらいは問題ない」

「私が、この手で倒す……」

倒すしかないと言われていたものの、普通の方法では絶対に無理だとイサミナは思っていた。だが、ヴァーミリオンが協力してくれるのならできそうな気がする。

イサミナはナイフを見つめた。そして力強く頷く。

「下手な小細工をするよりも、私が刺すのが手っ取り早い上に確実な方法よね。やるわ」

「……まあ、お前ならそう言うだろうな。だが、ひとつ忠告しておく。神を倒した人間が、ただで済むと思うか？」

「……！　そうよね。神様を倒したら、それ相応の罰が下るわよね」

一体、どれほどの罰が下るのかと不安になる。

「人間は死後、魂を浄化されて再び生まれ変わる。転生というやつだ。だが、神を倒した人間の魂は生まれ変われない。死後、その魂は魔界へ堕ちる――悪魔になる」

真剣な表情で、ヴァーミリオンが重大な事実を告げた。だが、イサミナはあっけらか

ん と答える。

「えっ、なにそれ。最高じゃない」

「なっ……」

「だって、死んでもあなたと一緒にいられるんでしょう？　人間と違って悪魔は長寿っていうし、今のままじゃ私たちはずっと一緒にはいられない。それなのに、あなたと同じ悪魔になれるなんて素敵じゃない。迷うまでもないわね！」

まっすぐな瞳でイサミナは言い切った。

「……いいのか？　お前、悪魔になるんだぞ？」

「なにを今更。私、悪魔を好きになったのよ？　同じ悪魔になれるなら嬉しいわ」

にやりと笑うと、ヴァーミリオンが脱力する。

「お前という奴は……」

「あっ！　でも、悪魔になるって、この姿のまま？　それとも、とんでもない姿になったりする？　記憶はなくなっちゃうのかしら？」

「人間の姿のままだ。……実は、俺の親父が神を倒して悪魔に転生しているからな。人間だったときの記憶も引き継ぐそうだ」

「そうだったの……！」

だからヴァーミリオンは神を倒す事情に詳しいのだと、イサミナは納得する。

そして、彼の父親が元人間だというのなら、彼があまり悪魔らしくないのもわかる気がした。どこか優しいのは、人間の性質を受け継いでいるのかもしれない。

「その話、長くなりそうね。落ち着いたら教えてくれる？」

「ああ、わかった。……じゃあ、やるぞ」

ヴァーミリオンはそう言うと、自分の髪を魔力でばさりと切った。一房だけでなく全部だ。

髪を縛っていた紐がほどけて、腰まであった彼の髪は肩の長さになる。

「俺の魔力でお前の気配を消す。神を欺くんだ、このくらいの代償は必要だ」

彼はイサミナの腕に髪の束を巻きつける。

「神酔いの葉を出せ」

「ええ」

イサミナはヴァーミリオンに神酔いの葉を渡した。イサミナが口元を覆うと、それは彼の手の上で燃えて、煙が風に流れていく。

「……んっ？」

元気に怒鳴り声を上げていた神様が目を瞬かせた。

なにかがおかしいと気付いたのだろう、キーレがヴァーミリオンたちのほうを向く。

「……っ！」

キーレは心底驚いたような表情を浮かべた。彼と視線が合ったイサミナは、口元に人差し指を立てる。

イサミナが禍々(まがまが)しいナイフを持っているのはキーレにも見えただろう。だが、彼はなにも言わない。

ヴァーミリオンはイサミナを抱えたまま、神様の後方に回る。

そして、ゆっくりと神様へと近づき下降していった。

「……神様、わかりました。わたくしも聖女も全てを受け入れます。どうかわたくしから殺してください。……しかし、わたくしが死ぬ様子を彼女には見せたくありません」

キーレはフィグネリアの目を隠した。どうやら彼は、イサミナたちを止めるつもりはないらしい。フィグネリアがこちらに気付いて反応してしまうのを事前に防いでくれたのは助かるが、彼もなかなかいい性格をしているとイサミナは思った。

「そして、ひとつだけお願いがあります。死ぬ前に賛美歌を彼女に歌わせてください。わたくしも彼女の歌を聞きたいのです。どうか、お慈悲を」

「……よかろう」

「さあ、フィグネリア。歌うのです」

「……？　わ、わかったわ」

フィグネリアはイサミナたちに気付いていないようだ。この状況で賛美歌を歌えと言われるのもおかしな話だが、彼女も神酔いの葉の煙を吸って思考能力が低下している。キーレに言われた通り、目隠しされたまま賛美歌を歌い出した。

イサミナたちは徐々に神様へ近づいていく。

吹きすさぶ雨風、響き渡るフィグネリアの歌、そして神酔いの葉の効能。その全てがイサミナたちの気配をうまく消してくれた。

いくら魔力を使おうと、普通なら気付かれてしまうだろう。しかし、普通ではないこの状況のおかげで、神様のすぐ側まで近づくことができる。

いよいよイサミナがナイフを振りかぶろうとしたとき、キーレが大きな声を上げた。

「おお、神様！　罪深き人間を、お許しください！」

神様の意識が突然叫んだキーレに向けられる。それと同時にイサミナはナイフを振りかぶった。

（神様、ごめんなさいー！）

禍々しいナイフが神の背中に突き刺さる。肉を切り裂く嫌な感触が、柄を通して伝わってきた。この手で傷つけたのだと強く実感する。

「がっ……!?」

ヴァーミリオンはイサミナを抱いたまますぐさま後退し、逃げるように飛んだ。

「な、なんだ……なんだこれは……っ！」

神様の体が少しずつ黒く染まっていく。

「本当にごめんなさい！　でも、ほら！　こんなに怒るくらいの出来事は、忘れたほうが幸せになれるし、そうすればみんな丸く収まるし！　これが一番いい方法なんです！」

神様には聞こえていないだろうに、イサミナが必死に弁明する。

「ぐっ……くぅぅう！」

神様の体がまるで溶けるみたいに消えていく。なかなか壮絶な光景だが、自分の起こしたことなのでイサミナは目を背(そむ)けず、しっかりと見届けた。すると、背中に鋭い痛みが走る。

「痛(いた)っ！」

「どうした？」

「背中が……っ」

ヴァーミリオンは水没していない場所に降り立つと、イサミナの服をめくった。

「さっき刺したのと同じ場所に傷痕ができている。これが、神を倒した証というわけか……」

　ヴァーミリオンは痕に指を這わせる。血は出ておらず、何年も前にできた創痕のようだった。

「っ、あ。もう痛くなくなった……」

　痛みは一瞬で消える。イサミナには、自分の背中がどうなっているのかわからない。でも、キーレとフィグネリアを救えたのは確かである。

　神様はいなくなり、キーレがフィグネリアを抱きかかえて、イサミナたちのほうに飛んできた。まだ雨風は強く、彼らの髪と服が激しくはためいている。強い横風に時折よろけるものの、キーレはフィグネリアをしっかりと抱えていた。

　それを見たイサミナは声を上げる。

「大変！　どうしよう……！　ねえ、この風はすぐやまないの？」

「神の怒りによって生じたものだから、その神がいなくなればそのうち消える。だが、すぐにはなくならないだろう。どうした、なにか問題でもあるのか？」

　解決したかと思った矢先にイサミナが顔色を変えたので、ヴァーミリオンが心配そうに訊ねてくる。イサミナは思ったことを素直に口にした。

「こんなに風が強かったら、キーレ様のローブがめくれてしまうわ。天使は下着を穿いていないんでしょう？　だとしたら、キーレ様のご神木が見えちゃ……ん？」

突如、イサミナの視界が真っ暗になる。ヴァーミリオンがイサミナの目を手で隠したのだ。

「お前は……お前という奴は！　この期に及んで……っ！」

心底、呆れたような声だった。

「だって、大変なことじゃない！」

「はぁあああ……」

大きなため息が聞こえる。

それから数分後、ようやくキーレたちが目の前に降り立ったとき、ヴァーミリオンは目隠しを解いてくれたのだった。

イサミナがフィグネリアを連れて村に戻ると、隣村の村長が最初に駆け寄ってきた。

その服は汚れ、濡れた布が体に張りついている。イサミナが村を出てからかなりの時間が経っているが、彼は湯浴みもすることなく待っていたらしい。

村長はフィグネリアたちが無事だったことに安堵し、両膝を地面についた。

「本当にすまなかった……！　あんな木に神様がいるなんて思わなかったんだ……」

謝罪の言葉を受けてもキーレはなにも答えず、ただ冷たい眼差し(まなざし)を向けるだけだった。

責任をとらされて聖女ともども死ぬところだったのだ。思うことがあって当然だし、すぐには許せないのだろう。

しかし、フィグネリアは違った。

「顔を上げてください。もう終わったことです。……今後は、わたしたちの言うことにきちんと耳を貸してくださいね？」

彼女は簡単に許すつもりのようだ。

「それに、イサミナさんとヴァーミリオン様にお礼を言ってください。怒る神様を説得してくれたのは、彼女たちなのですよ？」

実は、フィグネリアには「神様を説得した」と嘘を吐いていた。いくら神が天界で蘇る(よみがえる)とはいえ、自分のためにイサミナが神様を倒したと知ったら、いい気分はしないだろう。

イサミナが神様を刺す瞬間は目隠しをされていたおかげでなにも見えていないし、神酔いの葉の効力で思考能力が低下していたから、彼女は「説得した」という嘘を、実際にあったこととして認識したのだ。

「……っ、聖女と天使様、ありがとうございました」

　隣村の村長に礼を言われる。

　これで一件落着かと思いほっと胸を撫で下ろすと、いい匂いが鼻に届く。

「ん？」

　振り返ったところ、村の人たちが大鍋で炊き出しを行っていた。隣村の人たちに振る舞っている。

「今日は客人もいることだし、沢山料理を作っておいたよ！　ほら、お風呂に入ってすっきりしておいで！」

　この村の人たちは隣村の惨状を知らない。ただ、「神様のいる木を切って怒らせて、村が水浸しになった」程度にしか考えていないのだろう。

　だから、イサミナたちが当たり前に帰ってくると思い、こうして料理を用意しておいてくれたのだ。

「ヴァーミリオン様用に、鹿肉をワインで煮込んでおいたぜ！」

「イサミナには果物があるわよ。酸っぱいのが好きなのよね？」

　いつものように迎えられて、なんだか肩の力が抜けてしまう。

「……うん、じゃあお風呂に入ってくるわ！　行きましょう、フィグネリアさん。私の服でよければ貸すわ」

イサミナはフィグネリアの手を引いて歩き出した。

◆　◆　◆　◆

その晩、フィグネリアとキーレはイサミナの家に泊まることになった。

隣村の人たちは寄合所や空いている小屋にまとめて滞在してもらうが、さすがに他の村人と一緒に天使と聖女を雑魚寝はさせられない。

妊婦や新生児など、配慮の必要な者は広くて綺麗な村長の家に泊まらせることになったので、聖女と天使をイサミナの家で預かるのは自然な流れだ。

疲れているのと、神酔いの葉の煙を吸った影響で、フィグネリアはすぐに寝てしまった。イサミナの両親が使っていた部屋をヴァーミリオンが魔力で綺麗にし、彼女を寝かせる。キーレはフィグネリアの側にいるようだ。

イサミナとヴァーミリオンが自室に戻ると、彼はすぐさま手をかざした。部屋の周囲にきらきらした粒子が舞う。

「なにをしたの？」

「防音と気配遮断だ。この部屋の様子があいつらにわからないようにした」

そう言って彼は寝台に腰掛ける。

「……話がしたい」

ヴァーミリオンが真剣な眼差しでイサミナを見つめてきた。

「そうよね。あなたのお父さんの話、落ち着いたら教えてって言ったものね」

神を倒すことや悪魔について詳しく聞きたいと思っていたから、イサミナはヴァーミリオンの隣に腰を下ろした。

「違う、そうじゃない！　そうじゃなくて、その――」

少し言いにくそうにしたあと、彼がぽつりと呟く。

「俺が、お前を好きだって……」

「……ああ、そのこと」

そういえば、そちらも「詳しい話は帰ってから」と言った。だが、ヴァーミリオンの父親の件が気になりすぎて、うっかり忘れていたのだ。

「お前、俺のことが本当に好きなのか？」

「ええ、そうよ。……もしかして、あなたの助けを借りるために嘘を吐いたって疑ってる？」

「……っ、いや、そういうわけでは……」

イサミナはヴァーミリオンの前で沢山の嘘を吐いてきた。だから、きちんと確認するまでは信じきれなかったのだろう。イサミナは苦笑する。

「まあ、今までが今までだから、疑うのも無理はないわよね」

「そもそも、俺がお前のことを好きだって……、どうしてそう思ったんだ」

「……っ、ふふふふふ……」

真面目な顔で聞かれて、つい笑ってしまう。

「おい、なにを笑って……！」

「だって、あんなに好き好き言って抱き合ってるのよ？　あんな風に抱かれれば気付くわよ。……それに、私が好きって言うと、あなたはとっても嬉しそうだったし」

「……ッ」

「あなたのことが好きだから、気付いたの。同じ思いを抱いてるって」

そう伝えると、ヴァーミリオンの頬が微かに赤くなる。そんな彼を可愛いと感じた。

「納得した？　じゃあ、あなたのお父さんの話を――」

聞きたい、と続けようとして、その言葉は彼の唇に呑まれた。口づけられたまま押し倒される。

「んっ……」

　角度を変えながら何度も口づけられ、その感触に体の力が緩むと、ヴァーミリオンの舌が口内に滑りこんできた。彼の舌が優しくイサミナの舌を搦め捕ってくる。

「はぁっ、んぅ」

　これまで何度もキスをしているというのに、今日の彼の動きは妙にぎこちない。それでも、その口づけが今までの中で一番心が痺れる気がした。

「俺の親父の話は、あとでいくらでもしてやる。だから、今は……」

「生気が欲しいの？」

「いや。……俺の意思で、お前を抱きたい」

　口づけつつ、ヴァーミリオンはイサミナの服を脱がしてくる。その指先は少しだけ急いていたけれど、乱暴に衣服を引っ張ることはなかった。

　互いに裸になると、彼は翼を消してからイサミナをうつ伏せにさせる。

「背中に痕ができている。お前が神を刺したのと同じ場所だ」

　ヴァーミリオンはイサミナの背中の痕を指先で撫で、低い声で呟いた。

「どんな痕なの？」

「そうだな、……翼にも見える」

彼はイサミナの背中に口づけを落とす。

「んうっ」

おそらく、痕に沿って唇を這わせているのだろう。彼はキスをしながら、シーツとイサミナの胸の間に己の手を滑りこませてきた。

「あっ！」

うつ伏せになっているから、仰向けのときに比べて胸の肉がこぼれずに集まっている。いつもより大きくなった胸を彼の両手に包まれて、イサミナは心地よさを感じた。

「ふあっ、あ……っ」

彼の指先が胸の頂をつまんだ。きゅっと引っ張られると、思わず腰が浮いてしまう。

「んっ」

背中に唇と舌を這わされ、胸の先端を刺激され、お腹の奥がどんどん熱くなっていく。その熱を持て余すように、イサミナの腰がぐっと上がっていった。うつ伏せだった体勢は、今や尻だけ高く突き上げている姿になっている。

「どうした？　ここも気持ちよくしてほしいって、おねだりか？」

ヴァーミリオンはくつくつ笑うと臀部に触れた。尻肉が左右に開かれ、その奥の秘めたる場所が誘うみたいに蜜を滲ませている様子が、彼の目前にさらされる。

「んうっ！」

彼は蜜口にキスをしてきた。後ろから舐められるのは初めてで、イサミナは動揺する。

彼の鼻と前髪が臀部をくすぐり、ぞわぞわとした感覚がこみ上げてきた。

「やっ、あぁ……っ！　んっ、はぁ……」

いつもと違う角度で攻めてくる舌の動きに翻弄される。

「んっ……どんどん蜜が溢れてくるな。こうして舐められるのが好きか？」

「ひあっ！　しゃ、しゃべらないで……っ」

その場所で話されると、敏感な部分が吐息でくすぐられて新たな快楽が生じた。

ヴァーミリオンは花弁を舐めながら、指を一本イサミナの中に挿れる。

「ああっ……！」

熱く潤んでいたその場所は、呆気なく彼の指を呑みこんでいく。

「すぐにでも挿れられそうなくらい柔らかい。でも、しっかりほぐしておかないとな」

「あう、あっ……！」

ヴァーミリオンがふっくらとした花弁を音を立てて吸いつつ、イサミナの中を指で拡げていく。花芯を別の指に押し潰され、得も言われぬ感覚が生まれた。

「ん……っ、ん！」

イサミナの中から溢れた蜜が、彼の顔を濡らしていく。

指を受け入れ、高く突き上がっていた尻がシーツに沈みそうになったところで、ヴァーミリオンは指を引き抜いた。そして、快楽に震える蜜口に昂ぶったものをあてがってくる。

「えっ、待って、まさかこのまま……っ、……っああ！」

ヴァーミリオンの楔がイサミナをゆっくりと貫いていった。こうして背後から挿入されるのも初めてで、いつもよりも深い場所まで彼が入ってくる気がする。

「あっ！　あ……っ、んぅ……」

これまでは彼にしがみついていたけれど、うつ伏せではなにもできない。イサミナはシーツをぎゅっと握る。

未知の部分まで楔が届く。一体どこまで入ってくるのかと不安に思ったとき、彼の下生えが臀部に触れ、ようやく一番奥まで繋がったのだとわかった。かなり深い部分に彼がいる。

「ッ、は――」

ヴァーミリオンが熱い吐息をこぼす。蕩けるような声だった。

「……あのとき」

「え……？」

「お前が、召喚の儀式をしたとき……、とんでもなく間抜けな儀式の気配がしたんだ。低級悪魔さえ相手にしないほど酷い儀式だったな。天使を喚ぶ呪文を唱えながら、悪魔を誘う血まみれの布や腐った食べものを用意していて、一体どんな奴がこんな儀式をしているのかと、暇だったから興味半分で覗いてみたんだ」

　ヴァーミリオンは話しながら、イサミナの腰をしっかりと掴んで抽挿(ちゅうそう)を始める。太く硬いものがゆっくりと行き来する感触に、イサミナは体を震わせた。

　緩やかな動きだから、彼の形や硬さをはっきり感じてしまう。快楽に意識を持っていかれそうになる中、頑張って彼の言葉に耳を傾けた。

「そしたら、お前が天使を喚んでいて……。あんな儀式では天使なんて来ないことは明らかだ。聡明そうなのに、愚かな人間だと思った。でも、あまりにも必死なお前の顔を見たら、気になって……気が付けば、召喚に応じていた」

「そうだったの……っ、んっ」

「最初は、お前のことも村のことも、俺が楽しめればどうでもいいと思っていた。でも、お前たちと一緒にいるうちに……食べものも旨いし、なにより居心地がいいと感じるようになっていた。普通の悪魔なら、そんなことは絶対にない。意識していなかったが、もともと人間だった父親の血の影響かもしれないな」

「……っ、ん……」

「居心地がいいこの場所で、お前が隣にいて。気が付けば、俺は、お前のことを――」

そこでヴァーミリオンは言葉を止めた。その続きが聞きたいのに、耳に届くのは熱っぽい吐息だけだ。

なにも言わないのなら、せめて顔が見たいとイサミナは思った。その表情で、彼の気持ちが伝わってくる気がするから。

「あっ、あ……ねえ、顔が、見たい……っ」

「……だめだ。今の顔は見せられない。今日はこのまま する」

「はぁっ、ん……！」

彼は腰の動きを止めない。けれど、顔を見せてくれない代わりに言葉をくれた。

「イサミナ……、……っ、……好きだ。お前が、……お前のことが好きだ」

「……っ！」

ヴァーミリオンがイサミナのことを好きだと明言したのは、これが初めてである。

彼の気持ちはわかっていたけれど、改めて言葉で伝えられると胸が一杯になり、体が熱くなった。それと同時にイサミナの中も彼を強くしめつける。

「好きだ、イサミナ……」

「私も、ヴァーミリオンが好き……んうっ！」

好きと返した途端、体内で彼の質量が増す。

——言葉だけなら、いつものやりとり。しかし、今までとは違ってこの「好き」という言葉は行為そのものへ向けたものではなく、繋がっている相手に向けた愛の告白であった。

「好き、だ……」

「好き……っ、あぁ……っ」

好きと言い合うほどに気分が昂ぶり、体は快楽に堕ちていく。イサミナは少し掠れた色っぽい声に甘く酔うと同時に、彼の顔が見えなくて切なくなった。

（ヴァーミリオンは、今、どんな表情をしているの……？）

この体勢は奥深くまで彼を感じることができるが、肝心の顔が見えない。視界に入ってくるのは白いシーツだけである。

「ん……っ、やっぱり、あなたの顔が、見たい……」

「だめだ。今の顔だけは見せられない」

お願いしても、即座に拒否されてしまう。

けれど、イサミナは絶対にヴァーミリオンの顔が見たいと思った。今見ておかなければ、これからずっと後悔するに違いない。どうすれば彼の顔が見られるか考えて、瞬時に効果のあるだろう台詞を思いついた。

「ヴァーミリオンの顔が見られれば、もっと好きになるのに」

「――ッ!」

その言葉に、彼の動きが止まった。そして、一気に熱杭を引き抜かれる。

「ひうっ!」

ゆっくりとした動きだったのに、いきなり激しく抜かれてイサミナは背筋を仰け反らせた。

繋がりを解いたあと、ヴァーミリオンはイサミナの体を仰向けにしてくれる。

「あ……っ」

そこで、イサミナは彼と目が合った。

(うわ……)

彼の赤朱色の瞳は熱情で潤んでいた。頬も上気し、いつも凜々しい表情は緩んでいる。

「そんなに見るな……」

自分でもしまりのない顔だという自覚があるのか、彼は気まずそうに視線を逸らした。

(か、可愛い……!)

ヴァーミリオンの様子にイサミナの胸がときめく。

「好き……」

自然と、その言葉が口をついて出る。思いつきで顔を見られればもっと好きになると言ってみたら、本当にそうなった。

「素敵な表情……。うん、すごく好き……。私、あなたのことをもっと好きになったわ」

イサミナは腕を伸ばし、ヴァーミリオンの後頭部に手を回す。そのまま軽く引き寄せ、口づけ合った。

「んっ」

愛液に濡れた楔（くさび）がイサミナの太股（ふともも）に当たる。

「ま、待て……ッ、ん」

ヴァーミリオンは再び繋がりたい様子だが、今の体勢では難しいようだ。彼は腰を動かして位置を調整するものの、熱杭はイサミナの太股（ふともも）を擦（こす）るだけである。

「おい、イサミナ……っ！」

力尽くでキスを止めることもできるのに、ヴァーミリオンはイサミナの好きにさせてくれた。それが嬉しくて、イサミナは積極的に彼の口内に舌を差しこむ。

「んうっ、ヴァーミリオン……好き……」

「……ッ、くそ……」

舌を絡め合いながら深く口づける。彼の楔は時折ぴくりと震えるけれど、太股を擦るだけで無理にイサミナの中に入ろうとはしなかった。

やがて、満足したイサミナがヴァーミリオンの頭から手を放す。顔が離れると、彼はお預けをくらった犬みたいな表情をしていた。イサミナは思わず笑ってしまう。

「本当に優しいわよね。……好き」

「お前は本当にイイ性格をしてるよな。……だが、そういうところが好きだ」

ヴァーミリオンは膝立ちになって体勢を整え、ようやくイサミナの蜜口に己をあてがう。

「あっ……！」

再び侵入してくる彼の灼熱に、イサミナの肌が粟立った。深い部分まで繋がったあと、ヴァーミリオンはイサミナの片足を掴んで己の肩に担ぐ。

「んうっ!?」

これまた違う角度でぐりぐりと奥を擦られて、快楽が体の奥で弾けた。

「あ……っ！」

彼と視線が交わると、熱を孕んだ眼差しに胸がどきりとして、イサミナは呆気なく果てしまう。

「イサミナ……」

ヴァーミリオンは担いでいるイサミナの足を噛む。軽く歯形がついたが、それはささやかなもので、この情事が終わる頃にはなくなっているだろう。

「んっ、はぁ……」

絶頂を迎えたばかりのイサミナの中を、熱杭が行き来する。

「中、すごいことになってる……。とろとろに熱くて、絡みついてくる」

「……っ、だって……ヴァーミリオンのことが、好きだから……」

「ッ！　そう言われると、俺も、もう……」

ヴァーミリオンの動きが速くなる。それでも、強く穿ってきたりはしなかった。体をいたわってくれる優しい動きは少しだけもどかしいけれど、大切にされていることが伝わってきて胸が温かくなる。

「好き……」

「イサミナ……っ！」

最奥まで繋がり、名前を呼びながら果てた。熱い飛沫がイサミナの中を満たしていく。

（ああ――）

こみ上げてくる愉悦に、イサミナはヴァーミリオンの背に手を回した。彼は背中が敏感なので、触れた瞬間にぴくりと反応する。

精を放っても、彼のものは硬いままだった。おそらくこのまま、二度、三度と続けて抱かれるだろう。イサミナが愛おしげに背に指を這わせると、彼が小さく呻く。

「そういえば、どうしてするときは翼をしまうの？」

ふと疑問に思ったことを訊ねてみた。

翼は魔力が可視化したもので、実体はない。あってもなくても行為に影響はないけれど、翼も彼の一部なので、翼があるままの彼と抱き合ってみたかった。

「――ッ、もういいか……」

ヴァーミリオンは黒い翼を顕現させる。その黒く大きな翼は、ひらひらと動いていた。

「……あれ？　翼が揺れてる？」

「この翼は実体がないくせに、俺の行動や感情に合わせて動く。格好がつかないから気をつけているが、どうしても嬉しいときには勝手に揺れるので消していた」

彼の予想外の言葉に、イサミナは息を呑む。

（可愛い……！）

つまり、今まで彼はイサミナを抱くことを嬉しいと思っていたのだろう。イサミナは微笑んで、揺れる翼に手を伸ばした。触れられないけれど、とても愛おしい。

「大好き」

思わずこぼれた言葉に、体の中の彼のものがぴくりと反応する。

「俺も……、……愛している」

好きという言葉だけでも嬉しいのに、愛しているとまで言われて、さらに焦がれる。

同じ言葉を返そうとしたけれど、唇を重ねられて音にならなかった。それでも、潤んだ瞳が、この体の熱が、触れる指先が、彼へと思いを伝えるだろう。

「イサミナ、愛してる」

再び彼が動き始める。ふたりは心ゆくまで互いを求め合った。

◆　◆　◆　◆

隣村の騒ぎでなにかと慌ただしかったものの、枢機卿が来る日は変わらない。

（とうとうこの日が来た……！）

イサミナはぐっと唇を噛みしめる。

神様の怒りによる大雨と温泉が噴出した影響で、晴天にもかかわらず空気が酷く湿っていた。蒸し暑く、肌に衣服が張りつく不快な感触がかえって緊張を紛らわせてくれる。

国から通達があった時間になると、お供の僧兵たちを連れた枢機卿が白馬に乗って訪れた。

枢機卿は老齢だが馬をきちんと乗りこなし、背筋もぴんと伸びている。その眼光は鋭く、ある種の威圧感を兼ね備えていた。さすがは枢機卿として選ばれるだけある。

村にいた人の数が予想以上だったのか、枢機卿は驚いているようだった。

「これはどうしたことだ？　この村はそこまで人口が多くないと聞いていたのだが……」

早速ゼプと隣村の村長が経緯を説明する。イサミナの入れ知恵により、「神様がいるといわれていた木のことを、別の木だと勘違いして切ってしまった」と彼らは伝えた。

天使から忠告を受けていたのにご神木を切ってしまっただなんて、正直に話せるはずもない。それを知られたら、罰当たりの村に天使と聖女を住まわせるわけにはいかないと、フィグネリアとキーレが別の村に移される可能性があった。そうなると隣村は聖女補助金がもらえなくなり、復興が遅くなるだろう。

隣村の村長が冷や汗を浮かべながら説明する。わざとご神木を切るなどありえないと考えてか、枢機卿はすんなりと納得してくれた。これには隣村の村人たちはほっと胸を撫で下ろす。

しかも、補助金の審査が終わったあとに枢機卿一行は隣村の様子を見に行くとか。あの惨状を見たら、天使と聖女がいる村の復興のために人手を派遣してくれるに違いない。隣村の視察という予定が入れば、イサミナたちの審査に長い時間を割けないだろうし、好都合である。短期決戦だとばかりに、イサミナはヴァーミリオンに翼を隠さないように言い含めて、枢機卿の前に連れていった。

「……っ！　確かに噂通りの黒い翼だ。どう見ても悪魔にしか見えん！」

ヴァーミリオンを見た枢機卿は後ずさり、僧兵たちが武器を構える。

「まずは、私が聖女かどうか判定してください」

落ち着いた様子でイサミナは自らの手を差し出した。

「……うむ、わかった」

枢機卿はイサミナの手を取り、聖女の痣を見る。

「これは確かに聖女の痣だ。貴方は聖女で間違いないだろう」

「えっ」

あまりにも呆気なく聖女判定されたので、イサミナは拍子抜けしてしまった。偽りの痣でないかと、水やお湯、石鹸で洗わされると思っていたのだ。

「その痣が偽物かどうか、儂は見ればわかる」

枢機卿はヴァーミリオンに鋭い眼差しを向けた。

「そちらの天使様はわざと悪魔の姿をしていると聞いている。そして、多くの民を助けたということも。本当に悪魔なら民を助けるなど考えられん、が……！　儂は沢山の天使様を見てきたものの、その気配のどれとも違うのだ……ううむ」

眉根を寄せながら枢機卿は困ったように唸る。

枢機卿の来訪ということで、村人と、隣村から避難してきた人の全員が広場に集まっていた。もちろん、その中にはフィグネリアとキーレもいる。

「天使様。貴方に彼はどう見えますかな？」

枢機卿はキーレに訊ねた。

「彼は怒り狂う神様を鎮めて、わたくしと聖女を助けてくれました。彼がいなかったら、わたくしと聖女は死んでいたでしょう。悪魔が天使を助けるとは思えません」

キーレは「ヴァーミリオンは天使である」とは断言しなかった。しかし、まるでヴァーミリオンを天使だと認識しているような言葉である。

昨日命を助けたのだから、変なことは言わないだろうと思っていたが、予想以上の切り返しにイサミナはほっとした。なんともキーレらしい援護だ。

「そうか……天使様が嘘を吐くとは思えぬ」

枢機卿が頷く。イサミナは緊張しつつ彼の言葉の続きを待った。

「いつもはこんなことはしないが、念のためだ。天使には可能だが、悪魔には不可能なことをやってもらってもいいだろうか？」

「ええ、もちろんです」

イサミナは躊躇することなく頷く。

「天候を操るのは神様と天使にしかできない。そこで今、ここに雨を降らせてもらいたい」

「……なるほど」

空は雲ひとつない晴天だ。ここに雨雲を呼び寄せて雨が降れば、それは天使の力だと認めてもらえるのだろう。

「わかりました。しかし、その前に少しお時間を頂きたいのですが」

イサミナがそう答えると、枢機卿は訝しげな眼差しを向けてくる。

「なぜだ？」

「隣村のことはお聞きになったばかりですよね？　ここには酷い雨風の中、命からがら逃げてきた隣村の人が沢山います。雨を降らせれば、昨日の恐怖を思い出してしまうでしょう。ですから、まずは隣村の人を屋内に避難させたいのです」

「……うむ、確かにその通りだな」

「それに、隣村の人々は着の身着のままで逃げてきました。泥だらけだったので服を貸しておりますが、我が村は貧しく、着るものにもそんなに余裕があるわけではないのです。今、沢山の洗濯物を干しておりますので、雨に濡れないように取りこませてください」

そのイサミナのお願いは、隣村の人を心配し村の現状を考慮している、まさに聖女らしいものだった。

「貴方の言う通りだ。儂(わし)の配慮が欠けていた。それでは、しばし待とう」

「はい。それでは、私も自分の洗濯物を取りこんできます。フィグネリアさんとキーレ様も、服が濡れないように私の家に来てください」

イサミナはフィグネリアたちを連れて自分の家に戻る。そこで、イサミナはフィグネリアにお願いをした。

「フィグネリアさん。私、緊張して手が震えて……。洗濯物を落として汚してしまいそうだから、取りこんでもらってもいいかしら？」

「ええ、もちろんよ。わたしの洗濯物もあるんだもの、手伝わせてちょうだい」

フィグネリアは籠(かご)を持つと、洗濯物を取りこむために家の外に出る。家に三人だけになったところで、イサミナはキーレを見ながら思わせぶりに呟いた。

「ああ……！　もし雨を降らすことができなくて、ヴァーミリオンが悪魔だと言われたらどうしましょう。動揺して、神様を見殺しにした天使がいると口走ってしまうかもしれないわ！」

「なっ……!?」

　あえて「見殺し」と言うと、キーレが絶句する。

「神様を見殺しにする罰当たりな天使を召喚した聖女は、どうなってしまうのかしら？」

「お待ちなさい。神様に死など存在しません。わたくしはあのとき、拠り所の木を切られた神様が、その嫌な思いを忘れて天界に戻られたほうがいいと思って――」

「どんな理由があろうと、神様に危害を加えるのを見逃したのは事実ですよね？」

　イサミナが詰め寄り、ヴァーミリオンが口を開く。

「こいつを敵に回すより、素直に協力したほうがいいぞ」

「……っ、わかりました。雨を降らせればいいのですね……？」

「ありがとうございます、キーレ様！」

　イサミナは満面の笑みを浮かべて窓を指す。

「ここの窓から広場の様子が見えます。ヴァーミリオンの動きに合わせて、雨を降らせてくださいね！」

「……わかりました」

ため息交じりにキーレが頷く。

洗濯物を取りこんだフィグネリアと入れ替わるように外へ出て、イサミナは広場へ戻った。服が濡れないように、村人たちは家の中に待機しており、その場にいたのは枢機卿一行とゼプだけである。

「洗濯物は……うん、みんなもう取りこみ終わってるわね」

イサミナは村を見回しながら頷いた。

「それでは、猊下と僧兵の皆さんと村長は濡れないように、そこの軒下に避難してください。今から雨を降らせてご覧に入れます。ヴァーミリオン、お願い」

「わかった」

ヴァーミリオンが黒い翼を広げ、仰々しく天を仰ぐ。すると、上空にたちまち雨雲が現れ、激しい雨が降り注いだ。

雨を避けようとしていなかったイサミナの体を、雨が打ちつける。キーレはうまくやってくれたのだ。

「おお……！　これはまさしく、天使の力だ。まさか、黒い翼の天使が存在するとは……」

悪魔では不可能な超常現象を目の当たりにして、枢機卿はヴァーミリオンを天使だと認めたようだ。……もっとも、この雨は正真正銘、天使の力によるものだが。

「悪魔にはできないことをしたのだ。これは認めるしかあるまい。この村の聖女と天使の存在を承認し補助金を出そう。天使様が住むのにふさわしい村にするように」

「……っ、はい！」

（やった……！）

イサミナは胸を押さえる。

悪魔を召喚したときは一体どうなるかと思った。それでも、とうとうここまで来たのだ。じんと、涙がこみ上げてきそうになる。

「それでは、次は隣村の様子を見に行かねばならないな」

枢機卿（すうききょう）は隣村の村長と一緒に村を出て、被害状況の確認に向かう。

建物から出てきた村人たちは拍手喝采（はくしゅかっさい）だった。隣村の人たちには、単純に補助金がもらえることを喜んでいるように見えるはず。――この村が、悪魔を天使だと誤魔化しているとは知らずに。

「よし、今日はごちそうだ！」

「肉はまだあったわよね？」

「酒も沢山あるぞ！」

「隣村の奴らも、遠慮なく食え！」

村人たちは天使にしかできないことをどうやってヴァーミリオンがやってのけたのか、知る由(よし)もない。からくりが気になるはずなのに、隣村の人がいるからだろう、誰ひとりとして聞いてこなかった。村人たちの聡い行動にイサミナは感謝する。

イサミナが家に帰ると、フィグネリアとキーレが迎えてくれた。キーレは疲れた表情を浮かべている。

「おめでとう、イサミナさん！」

「ありがとう！　私、着替えてきちゃうわね」

濡れたほうが迫力があると思って、あえてイサミナは軒下(のきした)に入らなかった。そして、ヴァーミリオンも濡れている。

ここまでする必要はなかったかもと後悔しながら、イサミナは肌に張りついた布を見た。

「わたしは、さっき取りこんだ洗濯物をまた干してくるわね。今日は湿気が酷くて、まだ乾いていないみたいだから」

フィグネリアが洗濯物の籠(かご)を持って家の外に出ていく。彼女がいなくなったのを見計らって、キーレが口を開いた。

「なんとかなったようですが、わたくしがいなかったらこの状況をどう切り抜けるつもりだったんですか？」

立場が逆転したとばかりの高圧的な声色だ。どうやらイサミナに恩を売るつもりらしい。

そんな彼にイサミナは答えた。

「ヴァーミリオンはものを凍らせたり、燃やしたりすることができます。そして、大気中には水分がありますよね？　この辺りは温泉があるからもともと空気が湿っていますが、隣の村であった大雨と温泉の大量噴出の影響で、今日は特に湿気が酷いです」

イサミナは窓から空を見上げる。

「私が枢機卿の注意を引きつけているうちに、ヴァーミリオンに遙か上空の空気を冷やして水分を凍らせてもらい、その直後に熱で溶かしてもらえば、大気中の水分が水となって降ってくるはず。キーレ様のように雨雲は呼べませんが、晴れていながら水が降ってくるという事実さえあれば、私なら雨だと言いくるめることができます」

「……っ！」

キーレは驚いて目を瞠る。これにはヴァーミリオンも舌を巻き、感心の目でイサミナを見ていた。

「キーレ様がいらっしゃらなかったら、さっきみたいに洗濯物を取りこむと言って時間をもらって、こっそりヴァーミリオンに今の計画をお願いしていたと思います」

「あの短い時間でそこまで考えていたのですか……！　わたくしの力を借りずとも、あなたならあの場を切り抜けられたのですね。……それでは、なぜわたくしに力を使わせたのです？」

「本物の天使様の力を使ったほうが説得力があると思いました。それに、キーレ様は私たちに貸しを作っておくのはお嫌でしょうから。これで、昨日の件は貸し借りなしということで」

イサミナはにこりと微笑む。その曇りのない笑顔に、キーレは笑った。

「……っ、くく……」

あのキーレが心底おかしそうに笑っているので、イサミナはびっくりする。彼は笑うと随分と若く見えた。

「実に結構です。わたくしはフィグネリア以外の人間はどうでもいいと思っておりましたが、あなたのことは気に入りました。あなたはまごうことなき聖女ですからね。フィグネリアと仲よくしてくれる限りは色々と融通してあげましょう」

「キーレ様……！」

彼に認めてもらったと思うと、嬉しくなる。そこにフィグネリアが戻ってきた。

「あら？　まだ着替えてないの？」

「ちょっと話しこんじゃって！　着替えてくるわ！」

イサミナは嬉々として部屋に戻る。

着替え終わると、皆で村人たちの宴に加わった。心なしか、キーレの表情が少しだけ柔らかくなった気がする。そんな彼の姿を見て、もしかしたら今後は村人たちと多少は
うまくやっていけるかもしれないとイサミナは思った。

キーレを見ながら微笑みをこぼすと、ヴァーミリオンが声をかけてくる。

「随分と嬉しそうだな？」

「それはそうよ。だって、補助金がもらえるのよ？」

「いや、そうではなく……。お前、あいつを見ていただろう」

そう言った彼の声は、やや不機嫌そうだ。

「あれ？　もしかして、嫉妬してる？」

からかうように訊ねてみたら、意外なことにヴァーミリオンは否定しなかった。

「俺は独占欲が強いと言っただろう。他の男を見て笑っていれば、気に食わない」

「……っ！」

（彼は、本当に私のことが好きなんだ――）

そう感じて、イサミナの胸がじわりと熱くなった。人前なのに抱きつきたい衝動に駆られて、ぐっと堪える。

「私が好きなのは、あなただけよ」

イサミナははっきりと言い切る。

――あの日、イサミナは天使を喚んだ。救いを求めた。

それに応じてくれたのが、今目の前にいる悪魔である。

（きっと、私とこの村に必要だったのは、天使ではなくヴァーミリオンだったんだ）

ヴァーミリオンが悪魔だったからこそ、熊に襲われそうになった少年を助けることができた。キーレとフィグネリアを助けることができたのも、彼が協力してくれたおかげである。

盗賊の拠点からだって娘たちを救ったし、彼は沢山の人間を助けてきた。他の悪魔はともかくとして、ヴァーミリオンは悪しき存在などではなく人間に救いを与えている。

イサミナはヴァーミリオンが召喚に応じてくれた、この運命に感謝した。そして、死後に悪魔となって彼と一緒にいられる幸運に喝采を送る。

（ああ――）

イサミナは誰にも見せたことがない、満ち足りた眼差しをヴァーミリオンに向ける。

青い空の下、はっと見開かれた赤朱色(ヴァーミリオン)の目が炎のようにきらめいて、イサミナの胸を焦(こ)がした。

後日談　その悪魔は聖女を愛す

ヴァーミリオンが天使として認められ、補助金がもらえるようになってから、村は連日大騒ぎだ。

隣村の惨状(さんじょう)を目の当(ま)たりにした枢機卿(すうききょう)が、天使の住む村だからと復興の人手を派遣したのに加え、避難している村人のための衣服や食料なども手配してくれた。

イサミナとヴァーミリオンは、「人助け」という名目の、食肉となる害獣駆除を続けている。

……とはいっても、狩りすぎては動物がいなくなるので、全てを狩るのではなく、害の低そうな動物は人間の住んでいない場所に逃がしたりもした。

そして、ノアの村と隣村の顛末(てんまつ)を見たイサミナは、聖女がいなくなったあとも村人たちが不自由なく暮らしていく術(すべ)を考えている。

肉を食べるようになり力がついてきた村人たちは、狩りの練習を始めた。村の女たちは、街で売るために機織(はたお)りをする予定だ。

狩りの本格的な道具も、機織り機とそれに使う糸も、補助金が支給されたら購入できる。狩った動物の毛皮が売れるよう、加工の道具もおいおい用意するつもりだ。

設備投資さえしてしまえば、補助金に頼らなくても自分たちでお金を稼げると、村人たちは喜んだ。食材をヴァーミリオンに調達してもらうだけの暮らしに罪悪感を覚えていたらしい。この村にいる人は皆働き者なので、他にもお金を稼ぐにはなにを導入すべきかと、話し合っている。

隣村の人たちもいるためか、村は活気があり毎日が充実していた。


その日の夜、隣村の妊婦が産気づいたとのことで、フィグネリアはお産の手伝いに行っていた。聖女は喜ばれるが、天使であっても男はいないほうがいいとのことで、キーレは留守番である。

隣村が復興するまでの期間限定であるものの、一緒に暮らすようになって、キーレのイサミナに対する態度が軟化していた。……まあ、彼の大切なフィグネリアの命を救ったのだから、当然かもしれない。

しかし、悪魔と天使故か、ヴァーミリオンとキーレの仲は険悪なままだ。褻居でお茶を飲んでいるだけなのに、嫌みの応酬が始まる。

「彼に気に入られて、イサミナも大変ですね。そそのかされて、神様を倒してしまうなんて……」

「神を倒した人間の末路は知っているだろうに、我が身と聖女可愛さに、見逃したのはどこの天使だ？　これほどまでに性格のいい天使がいるなんて驚きだな」

フィグネリアがいるときは、キーレもこんなことは言わない。それでも、彼女がいなくなると棘のある発言をするのだ。

最初のうちはイサミナも仲裁していたけれど、これも彼らなりの意思疎通だと、最近は黙って見守っている。けれど、この日ばかりはイサミナも口を出さずにはいられなかった。キーレがとんでもないことを言い出したのである。

「神様を倒した人間は死後に悪魔になりますが、それを避ける方法もあるのですよ。それを知っていたからこそ、わたくしもあの場は見逃したのです」

「えっ⁉」

イサミナは目を丸くしてしまう。これにはヴァーミリオンも驚いたようで、絶句していた。どうやら、そんな方法があるなんて知らなかったらしい。

「イサミナ。あなたが望むのなら、わたくしがなんとかして差し上げましょう。悪魔になるなんて、怖いでしょう？」

キーレはにこりと天使の微笑みを浮かべる。そんな彼にイサミナは即答した。

「いいえ、必要ありません。私は死んだあとも彼と一緒にいたいと思っていますから。魔界が怖くないと言ったら嘘になりますが、それでも、ヴァーミリオンとの未来を選びます」

一瞬でも躊躇(ためら)おうものなら、ヴァーミリオンの心に影を落とすだろう。それがわかっているからイサミナは躊躇(ちゅうちょ)することなく、よどみない声色で返事をする。

この回答に、きっとヴァーミリオンは勝ち誇った表情をしているだろうと思いながら彼を見た。だが――

「えっ……？」

なんと、彼の耳が赤くなっている。これはキーレも予想外だったらしく、絶句していた。

「……っ」

気恥ずかしいのか、ヴァーミリオンは無言でイサミナの部屋に行ってしまう。その背中の翼は微かに揺れていた。

「彼があんな顔をするなんて……。あれは、恋をした人間と同じ表情です」

ヴァーミリオンがいなくなったあと、ぽつりとキーレが呟く。

「悪魔は人間を蹂躙(じゅうりん)する悪しき存在だと思っていました。しかし彼を見ていると、そ

うではない悪魔もいるのだと感じます。彼はあなたのことが大切なようですね。それに、灰色熊の標的にされた子供を救えたのも、彼が悪魔だったからこそ……。悪魔にしかできないことで人間をよき方向に導くのなら、それは喜ばしいことです」

キーレがヴァーミリオンを認めているような発言をするのは、これが初めてだった。単純に嫌っているわけではないのだとイサミナは気付く。

「でしたら、もう少し歩み寄ってみてはいかがでしょうか？　天使にしかできないこと、悪魔にしかできないことがあります。協力すれば、もっと世の中がよくなると思うのですが……」

「それは無理です。第一、悪魔は生理的に受けつけません。同じ空間にいるだけで腹が立つのです」

「生理的に無理なんですね……」

そういえばイサミナも蜘蛛(くも)が苦手だ。別に危害を加えられるわけでもないのに、同じ空間にいるだけで嫌な気分になる。おそらく、天使と悪魔はお互いに嫌悪感を抱いてしまうのだろう。

「ここはわたくしが片付けておきます。あなたも、彼のところに行ってあげてはいかがですか？　追ってこないと拗(す)ねますよ」

ヴァーミリオンのことを小馬鹿にした言い回しだが、彼の言う通りである。こんなことを天使様にやらせるわけには……」

「そうですね、早く行かないと。でも、ここは私が片付けます。こんなことを天使様に
やらせるわけには……」

「いいえ、このくらいわたくしもできます。……居候しているのだから、なにかの役に立てと、フィグネリアにも言われているのです」

そう言って、キーレはさっとカップを片付ける。

「じゃあ、お言葉に甘えます。おやすみなさい、キーレ様」

「ええ、いい夢を」

イサミナは頭を下げると自室に戻った。


部屋では、ヴァーミリオンがひとりでベッドに腰掛けていた。落ち着いたのか、もう耳は赤くない。

イサミナは彼の隣に腰を下ろして話しかけた。

「ねえ、ヴァーミリオン。魔界って、どんなところなの？」

いつか聞こうと思っていたことである。

それなのに、昼間はフィグネリアたちがいるし、夜は会話をする前に怪しい雰囲気に

なるので、落ち着いて話をする時間がなかなか取れずにいた。いい機会だから、気になっていたことを聞いておきたい。

「地上と大して変わらない。住む家もあれば、街もあり、店もある。天界とは違って通貨の概念も存在する。……まあ、喧嘩が殺し合いに発展することも珍しくはないが、力が強いなら住みやすい場所だ」

「へえ……」

魔界というと退廃的な雰囲気を勝手に想像してしまうが、お金が流通しているのなら、そこまで無法地帯というわけでもないらしい。

「そういえば、前に弱い悪魔は蹂躙されるって言ってたでしょう？　神様を倒して悪魔になると、力の強さってどうなるんだろう……」

ヴァーミリオンと一緒にいられるのは嬉しいけれど、弱者の立場になるのは恐ろしい。不安を漏らすと、彼が答えてくれた。

「心配する必要はない。俺の親父もそうだが、神を倒して悪魔になった者は強い魔力を持つ。俺の力が強いのも親ゆずりだ」

「そうなの！　よかった……」

「そもそも、お前のことは俺が守る」

「うん、ありがとう」

イサミナがにこりと微笑むと、ヴァーミリオンが手を握ってくる。指先で手の甲を撫でられた途端、空気が甘いものに変貌していく。

「イサミナ……」

彼の顔が近づいてきたところで、イサミナははっとした。

「ま、待って！　もっと聞きたいことがあったの！　いつも、聞かずに終わっちゃうから……」

「あとでもいいだろ。食事が先だ」

「その食事について聞きたいの！　ねえ、ヴァーミリオン。今はいいけど、その……、私が年を取ったら、食事はどうするつもり？」

それは、とても重要なことだった。

イサミナは人間だから年を取る。一方、悪魔の外見は変わらない。老いた体を好きな男に見られるのは嫌だった。最悪の場合、年を取りすぎる前に自死することも考えている。

「ん？　……お前、気付いていなかったのか。悪魔を召喚した人間の肉体は、その時点で年を取らなくなる。月の障りもきていないだろう？　悪魔は人間との性交で生気を得るのだから、影響がないように、そういう摂理になっている。……もっとも、見た目が変わらないというだけで、本来の寿命は変えられないけどな」

　そういえば言っていなかったが……と、ヴァーミリオンが付け加えた。

「確かに、アレがきてなかったわ……！」

　イサミナは思わず下腹部を撫でる。

　ヴァーミリオンを召喚するまで、栄養のあるものをろくに食べられなかった。そのせいか、もともと生理不順だったので、きていないことをおかしいと思わなかったのだ。

まさか、体の時間が止まっていたとは。

「肉体が年を取らなくなっただけで、太ったり痩せたりはする。妊娠はしないが髪も爪も伸びるぞ」

「でも、ずっとこのままの姿だったら、おかしいと思われない？　だって、普通の聖女は年を取るもの」

「それなら大丈夫だ。悪魔は、自分と召喚者の外見年齢を変えることができる」

　ヴァーミリオンがイサミナに手をかざす。すると、イサミナの体の線がまろやかになり、乳房も膨らんだ。太ってはいないが、女性らしい丸みを帯びた体つきになる。

「十歳、年を取らせてみた」

「えっ、ええっ？」

イサミナはベッドから下りて鏡を見る。そこには、大人びた自分の顔が映っていた。

「わあ……」

二十八歳の姿だ。大人の女性の落ち着いた雰囲気もあり、なかなか悪くないのではと思う。

「別人に姿を変えることはできないが、こうして肉体の年齢を操作することならできるから安心しろ」

「すごいわ！　……そういえば、ヴァーミリオンって何歳なの？」

「悪魔は長寿だからな。百を超えた時点で数えてない。でも、肉体の見た目は若い頃のまま固定している」

「じゃあ、あなたも人間換算で今から十歳年を取った体にしてみて！　見てみたいの！」

「わかった」

ヴァーミリオンが手をかざすと、たちまち彼の外見が変わる。

元の彼の見た目は二十代後半くらいだったが、魔力によって三十代後半に変わった。

体つきに変化はないけれど、少し目の彫りが深くなっているような気がする。

「うわ……」

もともと格好よかった上に、十歳年を取ったことで大人の色香が溢れている。なんだか、どきどきしてしまう。

「素敵……」

うっとりと、彼を見つめた。

「それなら、今日はこの姿のままにしてみるか」

「えっ」

鏡を見るため、イサミナはベッドから少し離れた机の前にいたが、ヴァーミリオンが
ゆっくりと近づいてくる。その歩きかたもいつもと違う気がして目が離せない。

イサミナの前に立った彼は、端整な顔を寄せてきた。瞳を閉じると唇が重ねられる。

「ん……っ」

彼の背中に手を回す。逞しい体つきは変わらない。それなのに、少し外見が変わった
だけで胸がどうしようもなく高鳴る。

「あ……」

ヴァーミリオンの手がイサミナの頬を撫でた。心なしか、指が太くなっている。

「柔らかいな」

彼は心地よさそうに呟く。そして、イサミナの体を抱き上げるとベッドまで運んだ。

「……っ」

シーツの上に寝かされて、ヴァーミリオンが覆い被さってくる。ぱさりと、肩で切りそろえられた漆黒(しっこく)の髪が流れた。

彼が目を細めると、麗しい顔にやや深い皺が刻まれる。その些細(ささい)な違いで、目の前にいる彼は十年後の姿なのだと実感した。中身は変わらないのに、ぐっと大人っぽくなった彼から目が離せない。

「そんなにこの姿が気に入ったのか？」

熱い視線を向けるイサミナに彼が問いかけてきた。

「ううん、年を取った姿が特別に好きというわけじゃないの。あなたの新たな一面が見られたと思ったら、こう、どきどきしちゃって……」

「……っ、お前は……！」

彼は耳まで赤くすると、誤魔化すようにイサミナの唇を奪ってくる。その激しい口づけに目を開けていられない。

「んむっ、ん……」

肉厚な舌が唇を割って滑りこんできた。上顎から下顎まで舐め尽くされ、最後に舌が強く絡められる。

「は……ぁ」

口づけ合いながら互いの服を脱がせていく。服はそのまま寝台の隅に追いやられた。

「あっ！」

ヴァーミリオンが、いつもより大きくなったイサミナの胸に触れる。彼の手にちょうどいい質量になった胸は、手の動きに伴い柔らかに形を変えた。なんだか、とてもいやらしい器官に見えてしまう。

「ここは、綺麗な色のままだな」

ヴァーミリオンは桜色の胸の頂を指でつまんだ。胸は大きくなっても、その部分の色などは変わらない。

「あっ、ん……！」

ゆるゆると胸を揉まれると、なんだかむずむずしてくる。胸の質量が増えた分、彼の手の感触をまざまざと感じた。

「ふあっ……」

いつもは豊かな胸でないからか、彼は乳嘴ばかりを攻め立てる。しかし今は胸の頂には時折触れるだけで、まろやかな乳房を揉むことを楽しんでいるように見えた。

「んっ……、大きいほうが、いいの……？」

「大きさなんざどうでもいいが、お前はもう少し肉をつけてもいいと思う。前よりはましになったものの、この村の奴らは細すぎる。もっと太れ」

ヴァーミリオンは胸の谷間に顔を埋めると、ちろちろと舌を這わせてくる。彼の両頬を胸が包みこむかたちとなり、やはり大きい胸が好きなのではないかとイサミナは思った。

「ねえ、そこばっかりじゃなくて……」

指で、頬で、舌で、髪の毛で胸を刺激され、触れられていない下肢が切なくなってくる。

「……ああ、悪い」

彼はにやりと笑い、体の線を撫でながらゆっくりと手を下に滑らせていく。内股に触れた瞬間、そこに大量の蜜が流れていることに気付いた彼は片眉を上げた。

「こんなに……」

ヴァーミリオンは蜜口に触れることなく、太股を濡らす愛液を手に擦りつけている。

「だ、だって……」

イサミナは恥ずかしくなった。はしたないと思っているのに、どんどん奥から蜜が溢れてきてしまう。

「ここに欲しかったんだな。こんなに涎を垂らしている」

彼はそう言うと、愛液にまみれた指先をイサミナの中に埋めていった。

「――っ、あ……！」

いつも太い剛直を受け入れているそこは、彼の指を難なく呑みこむ。だが、その指は通常より太く筋張っていて、新たな刺激をイサミナに与えた。

「あっ、あん……っ、指、が……んんっ」

「指がどうかしたか？」

自らの指の変化がわからないのだろう、ヴァーミリオンが疑問符を浮かべた。それでも、イサミナの反応が違うと感じたらしい。

「この指がいいのか？」

彼はイサミナの中をぐるりと指でかき回す。指先が気持ちいい部分に触れ、びくりと腰が浮いた。

「あっ……！」

イサミナが強い反応を見せると、彼はそこを重点的に擦ってくる。

「いつもと勝手が違うな。この指だと、ここがいいのか」

「……っ、うん……っ」

息も絶え絶えになりながら頷く。秘肉はうねり、もっと奥へと誘うような動きをした。残念なことに、指は最奥までは届かない。

「そんなに誘ってくれるな。まだ指一本だぞ？　もっとほぐしてからのほうが、いいだろう」

ヴァーミリオンは、行為の前には必ず媚肉(びにく)を柔らかくほぐしてくれる。彼のものは大きいけれど、丹念な愛撫(あいぶ)のおかげで挿入時の痛みはなかった。

しかし、今はすぐにでも彼と繋がりたい。

「嫌っ、指を抜いて……」

「嫌？」

彼はイサミナの中を傷つけないよう、ゆっくりと指を引き抜く。

「おかしなところを触ったか？　それとも、この指が嫌だったか？　元の姿に戻るか？」

イサミナが「嫌」と言ったので、気を遣ってくれているらしい。性交は欲望が剥(む)き出しになる行為のはずなのに、彼は悪魔とは思えないほど優しすぎる。

「違うの。慣らしてくれるのは嬉しいんだけど、焦(じ)らされてるみたいで辛いの。だから、私……」

それ以上言うのははばかられて、じっと彼を見つめる。それで、イサミナの言いたいことが伝わったようだ。

「……わかった」

彼は再びイサミナの蜜口に指を伸ばす。

「んうっ！　わ、わかってない。そうじゃなくて……」

「いや、準備をしている」

ヴァーミリオンは溢れる愛液をすくい取り、反り返った熱杭に塗りつけていった。挿入に備えて潤滑油変わりにするつもりだろう。

イサミナの蜜を塗りたくったそれは筋が浮き出ていて、てらてらと怪しく濡れ光る。赤黒いその先端には滴が滲んでいた。

求めていたものを秘裂にあてられると、そこがひくりとわななく。

「いつもに比べたら慣らしてないから、痛かったらちゃんと言え」

「うん……」

慎重にヴァーミリオンが腰を進めてくる。途中までは難なく受け入れたけれど、奥のほうが彼の侵入を拒むようにぎちぎちと硬くなっていた。

「……ッ」

ヴァーミリオンが腰を引こうとする。初めて彼と繋がったときと同じだ。

(何回肌を重ねても、こうして大事にしてくれる……)

初体験のことを思い出し、彼の優しさが胸に沁みる。

ヴァーミリオンは浅い抽挿をしながら秘肉をほぐしてくれた。そうして、ゆっくりと挿入を深くしていく。

時間をかけて、ようやく彼の楔が最奥にまで届いたときには、イサミナの体はもう蕩けそうだった。ヴァーミリオンのものは硬く、イサミナの中は柔らかい。これほど硬度が違うのに、同じくらいに熱かった。

「……はぁ……」

彼は大きくため息を吐いた。イサミナの体を気遣い、一気に奥まで貫きたい衝動を耐えていたのだろうか、肌には汗が滲んでいる。壮年の男が額に汗を浮かべる様子は酷く扇情的で、イサミナは思わず呟いた。

「好き……」

「……ッ！」

ずしりと、イサミナの中で彼のものが大きくなる。隘路がさらに拡げられると、甘い疼きが腰を突き抜けていった。

「イサミナ……！」

ヴァーミリオンはイサミナに口づけつつ下肢を密着させてくる。みっちりと深く繋がったまま、奥をぐりぐりと刺激してきた。

「あっ、あああっ……んむっ、ん」

あえぎ声は、彼の唇に呑みこまれていく。

「好きだ……っ、……お前を、愛している」

（あ、翼が……）

彼の黒い翼がばさりと開いた。

「今のお前も、そしてお前が死んだあとも……お前はずっと、俺のものだ。お前を、大切にすると誓おう」

彼は翼を羽ばたかせながらイサミナを見つめてくる。

「うん……私も、愛してる。ずっと、一緒にいましょう」

イサミナは彼の背中に手を回した。黒い翼は実態がないので、触れられない。それでも、輪郭をなぞるように手を動かす。

――触れられない翼でさえも、彼の全てが愛おしい。

「好きだ……愛している」

「私も大好き……っ、んぅ……」

愛の言葉を囁くたびに、どうしようもないほどの快楽が押し寄せてきた。粘膜が擦れ合い、心が重なり、ひとつに溶け合った体が官能の海に堕ちていく。

「イサミナ……」

「ヴァーミリオン……！」

最後は名前を呼び合って、同時に達した。熱い雄液がイサミナの中を満たしていく。極めてもなお彼のものは鎮まらず、イサミナの中も彼を求めて波打った。それは最早「生気を与える行為」ではなく、愛を伝え合う行為。

——その聖女は多くの人を欺いた。その唇で嘘を紡ぎ、その手で神をも刺している。

けれど、彼女は数多の命を救った。救った命には天使のものも含まれる。

聖女は今、最愛の悪魔の前で幸せそうに微笑む。

可憐な唇からこぼれるのは、嘘偽りのない愛の言葉。神を倒したその手は、揺れる黒い翼に愛おしげに伸ばされる。

聖女と悪魔が愛し合う。

しかし、その先にあるのは不幸などではなく、光に溢れる未来だった。

書き下ろし番外編

聖女と悪魔の背徳的な情交

ヴァーミリオンが枢機卿に天使と認められてから、五年の歳月が過ぎようとしていた。世にも珍しい「黒い翼の天使」がいるとのことで、イサミナの村は今やちょっとした観光地になっている。補助金で観光客向けの宿や温泉を作り、村は見違えるようになった。貧しかった頃の面影はない。

近々ヴァーミリオンの銅像も造る予定らしい。そうすれば遠い未来、聖女と天使がいなくなったあとも、「かつて黒い翼の天使がいた村」としてやっていけるだろう。

女性たちが始めた機織りの品は名物となり、男性陣の狩りの腕前も上達した。これなら補助金だけに頼っていたノアの村と同じ顛末をたどることはなさそうだとイサミナは安心する。

イサミナは二十三歳になっていた。悪魔を召喚してしまったので肉体年齢は十八歳で止まっているが、それが周囲にばれないよう、ヴァーミリオンの力で年相応の姿に変えてもらっている。

　村が観光名所になった今、聖女であるイサミナはヴァーミリオンとともに村の中を散歩するのが日課になっていた。観光客を喜ばせるためである。

　見世物になるようでヴァーミリオンははじめ嫌がっていた。しかし、観光客が増え、村が裕福になるにつれ、食べものはどんどん豪華になっていった。その中にはヴァーミリオンへの捧げものだってある。観光客が減るとおいしいものも食べられなくなるとイサミナに言いくるめられ、彼はしぶしぶ一緒に歩いているのである。

「聖女様ー！」

　立派に舗装された道を歩いていると、前方から少年が駆け寄ってきた。観光客の子供だろう。年は十歳くらいか。

「こんにちは。ようこそ、この村へ。観光に来たのかしら？」

　イサミナは聖女らしい笑顔を浮かべる。

「うん、そうだよ……って、わー！　本当に黒い翼だ！　すごい！　初めて見た！」

　少年はヴァーミリオンを見て瞳を輝かせた。そしてイサミナを見上げる。

「聖女様！　ぎゅっとしてもいいですか？」

「……え？」

「僕、お母さんがいないんだ。でも、さっき抱きしめてもらってる子を見たら、羨ましくなっちゃって……」

わざわざ辺境の村を訪れるのは裕福な者ばかりだ。家族で旅行に来る者たちは当然、仲がいい。親が子供を抱きしめている姿もあちこちでよく見かける。

しかし、この少年には母親がいないとのこと。自身も早くに両親を亡くしているイサミナは、少年に同情してしまう。

「だめ――」

「いいわよ、おいで」

隣にいたヴァーミリオンが勝手に断ろうとするのを察して、イサミナはすかさず彼の言葉を遮り両手を広げた。ぱっと弾けるように笑った少年が、胸に飛びこんでくる。

「いいこ、いいこ」

イサミナは少年をぎゅっと抱きしめ、背中を撫でてあげた。その横でヴァーミリオンがとても不満げな表情を浮かべている。

(そりゃ、もっと大きな男の子なら断っていたけど、まだ十歳くらいだもの。いいわよね)

イサミナは不機嫌そうなヴァーミリオンを見ないふりして、男の子が満足するまで聖女らしく付き合ってあげた。

——その夜。

「……おい。昼間のようなことは、もうやめろ」

寝台の上でヴァーミリオンが腕を組みながら、イサミナに鋭い視線を向けてきた。

「あの男の子のこと？」

「そうだ。女ならいいが、男はだめだ」

「男って……まだ子供じゃない」

「どうだか。あのくらいなら、精通だってきているかもしれない」

「な……」

精通と聞いて、イサミナは思わず目を丸くする。

「いや、それはさすがに早すぎるんじゃ……って、そういう問題じゃなくて。あの子はどう見ても子供だったでしょう？　さすがに大げさよ」

「だめだ。せめて六歳まで」

「えー」

イサミナは恋人の嫉妬深さに、思わず苦笑してしまう。

「考えておくわね」

「お前の言葉遊びに付き合うつもりはない。考えておくではなく、もうしないと断言しろ」

長い付き合いのせいか、イサミナの回答が逃げ道を残していることに彼は気付いていているらしい。ならば、違う方法をとるまで。

「……ね、ヴァーミリオン。機嫌直して。私が好きなのはあなただけよ」

イサミナはヴァーミリオンの隣に座り、彼に身を寄せる。

「俺を籠絡するつもりか」

「そうじゃないわ。……好きだから、触れたいの」

「……クソ」

ヴァーミリオンは舌打ちすると、イサミナに覆い被さってくる。

(子供に冷たくしたら、聖女の評判が悪くなるもの。このままうやむやになってくれればいいわ)

そんなことを考えていると、ヴァーミリオンの体を霧が包んだ。みるみるうちに、彼の姿が若くなっていく。

「え……っ?」

イサミナに抱きついてきた子供よりはまだ年上だ。しかし、決して恋愛対象にはならない年齢に姿を変える。身長だってイサミナよりも低い。

「子供を侮るとろくなことにならないって、わからせてやる」

「ま、待って！　……っ、ん！」

手足は細いくせに力は強かった。両手を頭の上で一つにまとめられ、彼が口づけてくる。いつもより薄くなった唇の感触にどきりとした。瑞々しい小さな舌がイサミナの口内を貪ってくる。

「んん……っ！」

少年の姿をしているが、彼はイサミナよりもずっと年上だ。わかっていても、背徳感が襲いかかってくる。

「ちょっと！　やめて！　いつもの姿に戻って！　これは、さすがに……」

「わからせると言っただろう」

「いやいやいやいや。そもそも、さっきの子供よりは年上の姿じゃない！」

「……さすがにあそこまで幼くなると、できない」

ヴァーミリオンはしれっと言いながら、イサミナの寝衣を脱がしにかかってくる。あっという間に裸にされれば、胸の頂がつんと尖っているのを見て、彼は口角を上げた。

「なんだこれは。子供相手と言いながら、興奮しているじゃないか」

いつもならヴァーミリオンの大きな手にすっぽりと収まってしまう胸も、今の彼の手には余ってしまう。普段とは違う感触に落ち着かないでいると、小さな唇に乳嘴を咥えられた。

「んうっ！」

快楽を感じ取ってしまい身をよじらせる。

食べものに困らなくなったおかげで育った胸は、小さな手の中で柔らかく形を変えた。その先端で硬くなっている桃色の頂を吸われ、甘噛みされ、じわじわと体の奥から悦楽がこみ上げてくる。

もう、イサミナの手は押さえられていない。しかし、彼に力で敵うはずがないと抵抗することを諦め、ぎゅっとシーツを握りしめる。

執拗な胸への愛撫に、じっとりと肌に汗が滲んでくる。ヴァーミリオンの手が下りていった。脇腹を撫でて、太股を撫で、最後に足の付け根に伸ばされる。

「ああっ！」

秘裂をなぞられれば、くちゅりと淫猥な水音がした。言い訳できないくらい、その場所は蜜に濡れている。

「ほう……？　子供相手にこれか？」

「あなたは子供じゃないでしょう！　それに……どんな姿をしていても、私はヴァーミリオンを好きだもの。あなたに触られれば反応しちゃうわよ」

ため息交じりにイサミナが答える。すると、ついさっきまでいたずらっ子のような笑みを浮かべていたヴァーミリオンの頬に朱が差した。どうやら照れているらしい。

彼を説得するなら今だとイサミナは思った。

「ねえ、ヴァーミリオン。どんなあなたも好きだけれど、大きくて逞しいあなたの体に包まれたいの。いつもの姿に戻って。……ね、お願い」

瞳を潤ませ、あざとく小首を傾げる。

なんだかんだ言って、この悪魔はイサミナのことが好きなのだ。恋人に可愛くおねだりされれば従ってくれるだろうと、熱っぽい眼差しを向ける。だが――

「わかった。確かにこの姿のままでは満足させられないだろう」

ヴァーミリオンがそう言ったので安心したのも束の間、なんと彼の下腹部のものだけがいつもの大きさに戻ったのだ。細い体には似つかわしくない凶悪なものがそそり勃っている。

「……え？　ちょっと待って。そこだけ？　なんで？」

「お前が可愛い顔をするからだ。……戸惑いながらも快楽に悶えるお前の顔は悪くない」

すっと深紅の双眸が細められる。その優しげな眼差しには愛情が浮かんでいた。

「な……」

イサミナはなにも言えなくなってしまい、ただ口をぱくぱくとさせる。どうやら自分は、思っている以上に彼に愛されているらしい。

「んんっ、あ……！」

細い指で蜜口をほぐされて、そこに剛直をあてがわれる。浸入してきたものの質量はいつもと同じだった。

「あっ、あ……！」

大きく、太いものがとろとろになった媚肉（びにく）を擦（こす）り上げていく。彼の腰使いは力強く、イサミナの体に快楽を刻みつけてきた。すっかり彼の形に馴染んでいる内側は、蜜を滲（にじ）ませながら嬉しそうに熱杭に絡みつく。

「あっ、あ……っ、ヴァーミリオン……っ、あぁ……！」

たまらず、ふるふると頭を振る。昔は奥にぐりぐりと押し当てられるのが好きだったけれど、この数年で様々な部分を感じるように変えられてしまった。どこもかしこも気持ちよく、嵩張（かさば）った部分に柔肉をぐりっと引っかかれて、イサミナの頭は真っ白になる。

「あっ、ん、あ——！」

背筋を仰（の）け反（ぞ）らせながらぎゅっと彼のものをしめつければ、それは一回り大きくなったあと、打ち震えながら雄液を吐き出した。どくどくと熱い白濁が最奥まで注がれていく。

快楽に包まれて瞳を閉じたままでいると、先ほどより厚めの唇にキスをされた。

「え……？」

瞳を開ければ、いつものヴァーミリオンがいる。もう子供の姿ではない。イサミナはほっとした表情を浮かべた。

「体が小さいと、繋がったまま口づけられない」

そう呟いて、イサミナの唇を味わうように彼が唇を重ねてくる。下唇を食み、上唇を舐めてから、肉厚の舌が差しこまれた。絶頂の余韻で震える舌が搦め捕られる。

「わかったか？　お前は女だ。子供相手でも油断はするな」

「……っ」

達した直後でまだ頭が回らないふりをして、イサミナは返答を避けた。

今イサミナが抱かれたのは、子供ではなくヴァーミリオンだ。それとこれとは話が違うし、子供相手に嫉妬なんてしないでほしい。

「ヴァーミリオン」

イサミナは彼の背中に手を回して肩甲骨を撫でる。……そう、今は消しているけれど、本来なら翼が生えている部分だ。彼の肩がぴくりと上がる。

「お、おい……」

感じる部分である背中を撫でられたヴァーミリオンは、上擦った声を出す。イサミナはぎゅっと彼にしがみつき、繋がったままぐるりと転がった。イサミナの意図を読んだヴァーミリオンが動きを合わせてくれたおかげで、彼が下になる。騎乗位だ。

「今度は私が気持ちよくしてあげる」

割れた腹筋を掌で撫でたあと、イサミナは彼の上で腰を揺らした。

「ッ、あ――」

イサミナが動くたびにヴァーミリオンの艶やかな黒髪が揺れ、赤朱色の瞳に熱が灯っていく。大きな喉仏が動いて、掠れた嬌声がこぼれた。

腰を穿つたびに淫猥な水音が響く。たっぷり注がれた白濁が重力に伴い、太い熱杭の根元から陰嚢へと流れ落ちていった。

「ヴァーミリオン……好き……」

呟けば、応じるように中のものが質量を増した。

(やっぱり、ヴァーミリオンは私のこと好きすぎるわよね。まあ、悪魔に本気で恋をする私も相当だけど)

そんなことを考えながら、イサミナはにこりと微笑む。

「好き……好きよ、ヴァーミリオン」

「俺もだ。愛している」

愛を囁(ささや)きながら、肌を重ねて心を重ねる。絡み合った視線の奥で、言葉にならない想いが爆(は)ぜた。

NB ノーチェ文庫

極甘マリッジ・ラブ♥

王国騎士になるはずがお妃候補になりまして

佐倉 紫（さくら ゆかり）　イラスト：緒笠原くえん

定価：704円（10％税込）

騎士に囲まれて育ち、自身も立派な剣士となったレオーネ。結婚する気はあるものの、求婚者が現れるたびに剣で撃退していたら、いつの間にやら嫁き遅れ寸前。ならばいっそのこと、王国騎士となり、尊敬する陛下に一生を捧げて生きようと思い立つが、ひょんなことからお妃候補になってしまい――!?

詳しくは公式サイトにてご確認ください

https://www.noche-books.com/

携帯サイトはこちらから！

本書は、2019年10月当社より単行本として刊行されたものに書き下ろしを加えて文庫化したものです。


この作品に対する皆様のご意見・ご感想をお待ちしております。

おハガキ・お手紙は以下の宛先にお送りください。

【宛先】

〒150-6008 東京都渋谷区恵比寿4-20-3 恵比寿ガーデンプレイスタワー8F
（株）アルファポリス　書籍感想係

メールフォームでのご意見・ご感想は右のＱＲコードから、
あるいは以下のワードで検索をかけてください。

ご感想はこちらから

ノーチェ文庫

聖女ですが悪魔を召喚したので誤魔化します！

こいなだ陽日

2021年12月31日初版発行

文庫編集－斧木悠子・森順子
編集長－倉持真理
発行者－梶本雄介
発行所－株式会社アルファポリス
〒150-6008 東京都渋谷区恵比寿4-20-3 恵比寿ガーデンプレイスタワー8F
TEL 03-6277-1601（営業）　03-6277-1602（編集）
URL https://www.alphapolis.co.jp/
発売元－株式会社星雲社（共同出版社・流通責任出版社）
〒112-0005 東京都文京区水道1-3-30
TEL 03-3868-3275
装丁・本文イラスト－yos
装丁デザイン－AFTERGLOW
（レーベルフォーマットデザイン－ansyyqdesign）
印刷－中央精版印刷株式会社

価格はカバーに表示されてあります。

落丁乱丁の場合はアルファポリスまでご連絡ください。

送料は小社負担でお取り替えします。


ISBN978-4-434-29756-4 C0193